U0048960

寂寞太近

而你 太遠

肆
一

1

我擁抱著你給的寂寞

2 傷心問：你還好嗎？

3

剛剛好的寂寞

4

我們都會好的

愛人不會寂寞，不確定是否被愛著，才會

愛一個人不會寂寞，會感到寂寞的原因，是因為不確定自己是否被愛著。

被愛著的人，是不會感到寂寞的，因為知道自己的心裡住了一個人，而同時自己也住在對方的心裡。會感到寂寞，是因為愛沒有回應，只剩下迴音。空蕩蕩的地方才能聽得到迴音，而那些都是寂寞。可是，反過來說，就因為感到寂寞，才也證明自己的愛確實存在，而不只是想像。

在沒有應答的愛裡，寂寞是僅有的憑藉。

然而，在每個人的人生裡，或多或少都會經過一段寂寞的日子，可能是不被愛、或許是不被理解，抑或是覺得自己像是走在一條沒有盡頭的道路一樣。這些時刻就像是默片，生活過得沒有聲響，擁抱著自己的只有自己，與自己的寂寞。

可是，我始終相信，這些都是歷程，而不是結果。雖然可能漫長、感覺遙遠，但請去相信自己正在路上。無論如何，都不要去否定自己的好。試著肯定自己其實很好，而不是唯有被愛著了，自己才夠好。也請試著不要去害怕寂寞，而是學著與它相處。

《寂寞太近，而你太遠》是二〇一五年的作品，至今已經出版五年的時

　　新版序　愛人不會寂寞，不確定是否被愛著，才會

間了。當出版社詢問：「是否要出新版？」的時候，一開始其實有點猶豫，因為我想要盡可能讓自己的出版品單純一點；但出版社在詢問的同時，也對新版提出了一些想法，包括：開本、排版或是內文等，讓我對新版有了一些不一樣的期待，所以才答應。

因此，新版的《寂寞太近，而你太遠》是一本感受與舊版完全不一樣的書籍，像是有了新的生命一樣，而在內容方面，除了多了這一篇新的自序外，也額外再新增加了十六篇短文，希望能給大家一些不一樣的感受。

在愛人的過程中，不一定總是能夠有來有往，這幾乎是無法避免，可也就因為這樣，讓我們得以去學會珍惜那些願意對自己好的人。一個人對另一個人的好，都不是義務，而是因為在乎。那些一路上遭遇的人，最後都會成了一種篩選，留下真心的人，以及更美好的自己。

不要因為寂寞去愛，但在心裡還有愛的時候，也不要害怕去愛。去試著愛，然後才能在愛裡學習，學著愛人的時候全心，不被愛的時候照顧自己，然後，即使跌倒了、受了點傷，也總會有好起來的一天。

最後還想要說的是，不管是否被愛，都不要忘了，你還有自己可以珍惜。

最該愛著自己的人，是自己。

新版序　愛人不會寂寞，不確定是否被愛著，才會

自序 有人能讓你覺得自己不重要

因為總是凝視著另外一個人，所以忘了看照自己；因為別人不看重自己，所以也覺得自己不重要；因為他對自己不好，因而開始認為自己不值得被好好對待。最後再因為愛情不要自己，所以就連自己也否定了自己。我們都是一樣，在愛的時候都是這樣。我們總會不小心忘了，其實自己很重要、永遠都值得擁有好的對待。

也是這樣，因為害怕被嘲笑、擔心著一說了就承認輸了，所以那些不敢張揚的心情，總是小心翼翼、顫顫巍巍地隱藏著，然後在無人時、夜深時，

就著陰暗的掩護，悄悄地探出頭張望。即使沒有答案也要不到答案，仍然反覆問著自己：「為什麼所要的那麼簡單，但愛情總讓你覺得自己要求太多？」

也不想讓別人看到自己的眼淚，你不要自己這麼不爭氣，所以只好躲起來，不要讓傷心找到就好。那段時間你用了最大的力氣在與傷心玩捉迷藏，但後來才發現只有寂寞閃不掉，一直都在身後尾隨著。悄然無聲，但在心裡卻發出轟天巨響，緊閉雙眼仍在耳邊作響。

如果是這樣，那就躲到這裡吧。歇息一下、停靠一下，好好感受自己的心情，而不是顧慮別人的，在有些時候，停止其實是最好的前進。那就躲到這裡吧。我希望這本書是可以遮風避雨的地方，在傷心與寂寞之間的間隙，有個能夠喘口氣的空間。

這是這本書的初衷。給努力在堅強起來的、給還不想放棄的我們，一點

點的安慰打氣。就像是輕輕拍拍肩膀說「都會好的」一樣。這是一直以來，很想努力傳達給大家的話。

不知不覺，這已經是第五本書了，原來已經跟大家說話了這麼久的時間。想起時，仍然覺得很不可思議。總是很謝謝你們喜歡我的文字，謝謝你們讓我覺得自己寫的東西不僅僅只是一個人的自言自語。謝謝你們總是陪伴著，我始終滿懷感激。也謝謝一直始終都在我身邊的家人朋友，因為你們，所有的事物都有了新的意義。

我們都不完美，但總是努力想讓自己更好。過程常常很難、有時也會想放棄，可是也走到了現在。所以，如果他已經走了，請關掉他給的傷心，留下自己，不留眼淚。已經很難的事，就不要再加上自己的為難。

最後還是要不斷提醒著，這世界上沒有一個人可以讓你覺得自己不重要，除非是你自己認為，也不要讓別人的對待來決定自己是否值得被愛。你的好、你的珍貴，都不需要是另一個人的肯定才能成立。

要一直去記得自己的好，即使距離完美遙遠，但永遠都應該要被真心誠意地對待。

祝　好。

1

我擁抱著
你給的寂寞

他轉身離開之後，寂寞高掛，

像是不歇息的太陽，而你忘了自轉，

於是不分晝夜被照耀著。

寂寞成天閃亮，照得你終日心慌。

你走了，寂寞亮了

一個男人的告白：「寂寞找上門了怎麼辦？不能應門，離得愈遠愈好。

因為只要一被跟上，就再也甩不掉、逃不了，會被折磨。」

所謂的「寂寞」，不是他離開了，自己是一個人；而是，他已經很遠了，但卻始終覺得他還在。每每只要這樣想到，最是寂寞。

第一次深刻感覺到它的存在，是在他離開後的第一個夜晚，深夜的晚安鈴聲沒有響起，但你老覺得有所動靜，先是屏氣凝神，而後草木皆兵。你不時張望手機，仔細聆聽、深怕遺漏，愈是專注就愈是靜默，愈是靜默就發現

愈是喧囂。寂寞取代了來電鈴聲，終於開始喧譁。然後，從此就住了下來，在你身後尾隨著，冷不防地就拍打一下你的肩膀，於是你只得終日頻頻回首。

接著，你開始習慣陰暗的空間。你把燈都關了，只留下桌上的小燈，跟著也換了燈泡，一點銘黃色的光暈就燃著，像小火，這樣讓你感覺稍微溫暖，很好。你在光線模糊的空間裡移動，來去自如，昏暗讓你有安全感，你隱匿在其中，只要不出聲，就不會被寂寞找到。只要不夠明亮，就也不會看見寂寞張牙舞爪。可是你這也才驚覺到，他一度是你的去向，望著他就等於向著光一樣，然而他走了之後，你以為世界會就此黑暗，但沒想到寂寞卻亮了。

他轉身離開之後，寂寞高掛，像是不歇息的太陽，而你忘了自轉，於是不分晝夜被照耀著。寂寞成天閃亮，照得你終日心慌。

然後，又過了一陣子，你逐漸習慣了寂寞的作伴。就像是突然從光亮的地方進入陰暗的空間，眼睛終於適應了光線，日子開始習以為常。甚至，它更讓你有安全感，只要有它在，就不會有其他人打擾；只要有它在，你就再不怕受到更多的傷害；只要有它在，你就可以專心地只看照自己就好。你把寂寞當成了是一種救贖來看待，互相陪伴，但不多做打擾，這樣很好。這樣的日子，沒什麼不好。相安無事，是相處裡的最高境界。

平安就是幸福，你真心以為。但不知怎麼你卻開始發現，有時候就連要真心地笑，都覺得勉強，於是你這才驚覺，原來自己並不快樂。你的心滿意足，竟只是一種冀望、一種假想，而不是成效，你只是用最低限度的方式活著，而不是在生活。所謂的「平安就是幸福」其實包含了平靜的喜悅，而不是別開臉的粉飾太平。跟著你也更體悟到，自己不過是拿寂寞替代了愛情，填了空，但它卻從來都不是愛情。你的心滿意足，一下就破功。而你所

　　　　　　　　　　　　你走了，寂寞亮了

有以為的攻不可破，其實都只是掩耳盜鈴，只消輕輕一碰，寂寞就鈴聲大作。

很後來你才懂，原來是自己把「一個人」當成了一件壞事，所以才會嘔欲掩蓋，也所以才會長出寂寞。獨身長出了惶恐，跟著惶恐灌溉出了寂寞，怯懦再使它茁壯。可是一個人並不是壞的，單身當然跟戀人不同，但都有各自的好處，只要凝視的方向對了，就能有收穫。只是因為你還想要兩個人一起生活，所以才會誤把它當成壞的，你終於明白了。

他走了，或許寂寞亮了你，但你再不打算去迴避，你希望藉此看看自己，跟心裡的自己說話、陪自己散很長的步、每天回家試著為自己下廚，你開始學著把日子過成一種情調，而不是憑弔。你努力過好一個人的生活，然後去想，有機會再找個人一起生活，但不是非要不可。一個人，隨時隨地都要讓自己覺得好，才是你的最首要。

愛的副作用

一個男人的告白：「感冒要多休息、多喝水。

但，還是要去上班。失戀也是。」

你發現，單身的痛苦不是在於自己是一個人，而是自己曾經是，兩個人。

你談過心無旁騖的戀愛，很簡單、也很單純，總有聊不完的話題，沒事就膩在一起，只要兩個人在一起就是打發無聊。沒有用不完的時間，只有還沒去做的事。那時的你們沒有目標，但卻一起走了好遠，你的左手掌始終有他右手掌的溫度，他的掌心朝下、你的掌心朝上，就像是他在保護你一樣。

整個城市都有你們的足跡，你們週一去大賣場、週三吃小火鍋、週五去逛街，東區或西門町都可以，然後週末挑一場電影看。你們的生活很固定，但你生平第一次看到了未來。

副作用。

在那個時候，即使流了眼淚，但只要大哭一場就會蒸發，愛情沒有任何副作用。

後來，你恢復了一個人。並不是什麼聲嘶力竭的決裂，你們分別得很祥和，甚至最後還給了彼此擁抱。你們約好當互相關心的朋友，換另一種形式再一起度過下個三年或五年。以前的你不相信什麼緣分，但後來卻發現其實每段愛情原來都有壽命，就跟人一樣，你只能很努力，但無法保證什麼。你在愛裡面成熟了，但有時候愛情就是跟不上彼此的腳步。愛情有愛情的命，對此你很了然，沒有不服氣，只有很可惜。

你又回到初生的模樣，你把那些在愛裡得到的力量拿來照顧自己，一個人逛超市、一個人晚餐，週末則多花點時間在家裡與自己相處。但是，卻隱隱覺得自己有些不一樣了，就像是那把約定好不拿回來的鑰匙，你把某部分的自己交出去了。你開始會聽到自己的心跳聲，就在耳邊迴盪，而且隨著單身的時間拉長聲響就愈大，幾乎讓你喘不過氣。你以為這是孤單症候群。

但是，跟著你卻發現，你的痛苦並不是來自於單身，而是來自你一直記得戀愛的美好。你的記憶、身體都牢記著那些有過的美好，抓著不肯放，因為得不到，所以長成了苦澀。你不是害怕孤單，而是害怕「再也沒有那些愛的感受」了。於是，在深夜裡，你每每想起這件事，心就變得加倍慌張，幾乎就要被鋪天蓋地而來的寂寞給淹沒。

你這才發現，愛的副作用是，害怕。

那場戀愛教會了你如何在愛裡自處，但卻沒有告訴你，如何在失了愛裡頭生活。就因為戀愛過，所以你跟著知道了害怕的滋味。但是，同時你心裡也清楚知道，愛情的美好並不會因為這些痛苦而一筆勾銷。因為你的痛苦並不是源自於失去，而是害怕。

於是你明白了，自己只是暫時對於愛情過敏而已。但舊愛的餘溫會散掉，就像是冬天裡的暖被，你會醒來，然後在天亮時打了個噴嚏，知道自己終於痊癒，然後跟另一個人一起過下一個冬天。

你後來也才知道，原來其實這些都是愛情的一部分，相愛時相依，分手後則是要學習微笑。

哭，也可以是好的。

它讓眼淚有了去處，不會積在心底。
想哭就放聲、感覺委屈就訴說，
但記得擦乾淚後要微笑。

然後，去練習，
去練習每回少落淚一點，
去練習每次沉溺的時間短一點，
這樣總有一天，
就不會再為它而哭泣。

如此一來，眼淚就可以是一件好的事。

要多好，才算足夠？

一個男人的告白：「喜歡一個人，對她好是應該的。

不喜歡一個人，再好都是負擔。」

「為什麼是他甩我？」他離開了之後，你的心中一直對此耿耿於懷，這件事就像是你身上的夏季曬痕，過了兩個季節還褪不去，冬天來了還賴在你身上捨不得走。因為你不服氣，因為你對他很好，因為你對他好到連自己都覺得不可思議的地步。

在他身上，你看見了另一個自己。他犯了錯，你的第一個念頭是「我哪

裡做得不夠好？」他辜負了你，你想到的卻是「我要讓自己更好。」你猜想對一個人好，就等於留住一顆心。

「好」那麼珍貴，沒有一個好是理所當然，因此對方應該珍惜，就像是你對他一樣。所以你不問收穫，只問對不對得起愛情。你不擔心自己受苦，只怕凍了愛情的花長不出果。因此你努力讓自己更好、對他再好一點，你想像「好」是沙漏裡的細沙，每多付出一些，終會累積成愛情，這是你的迷信。

但沒想到他一個反手，一切又歸零。

你相信「好」會被看見，只要自己做得到。但怎樣也沒料到，對方可以不要。

後來，你對自己生氣。其實他沒那麼好，即使是身在其中的你都看得出

來，但你卻老覺得自己配不上他。你用他的錯來否定自己，然後還覺得自己不夠好。所以你不甘心，在門外搖旗吶喊只為求得一次重新答題的機會；所以你也氣自己，氣的是你對他的好恰恰映照出你對自己有多麼不好。你開始發現自己原來沒有自己想像的了解自己，你的假設都只是假設，真實永遠都不會照著你的步伐走，愛情也比你以為的殘酷，根本沒有給人反悔的機會。

你用了很多的淚水才學會，原來，「好」不是愛情裡的必須。

就像是他之於你，他對你不好，但卻讓你死心塌地。那時候你才真的懂了戀愛用的是心，而不是大腦，邏輯分析無法幫助你談好一場戀愛。就像你也無法跟外人解釋他「哪裡好」，「好」是一個形容詞，而非名詞。而「好」，是由愛產生，而不是用好長成愛情。

但可以確定的是，「好」不是愛情裡的主餐，而是配菜，沒有一個人會為了配菜上餐館。

而當愛情只剩下你的好，距離失去比較近，離擁有比較遠。你終於明瞭了，「好」就像是你在十六歲那年就挑好預備在婚禮播放的歌曲，只有懂得的人才能感受到，只有對珍惜的人才能產生意義。就像是酸甜苦辣，每個人都有各自的味覺，各自的體會，你無法用自己的舌頭去替他人感受，就也好比他不要的那些好。

原來、原來，「好」從來都沒有足夠不足夠的問題，只有珍惜與不珍惜的差別。

退到最後，離開了那場愛的風暴後，你才搞懂，其實你可以把對他好拿

要多好，才算足夠？

來給自己。或許他會辜負你，但只有你懂得自己的價值。而其實誰先提分開並不是重點，重要的是你跟一個爛人分手了。為此，你就值得大肆慶祝。

從今天開始，你可以為自己在夜裡點一盞燈，把位置空出給另一個人，而不是為他等門。至於你的好，你可以先留給自己。

提問愛情

一個男人的告白：「求生意拜關公，求平安拜觀音娘娘，求錢財就拜財神爺。姻緣，就選月老。」

你很想問愛情，為什麼談一場戀愛這麼難？

你看著新聞頭條，感到一陣沮喪，電視上的女星都嫁過兩任老公、生了三個孩子，眼看已經要再嫁第三回了，而且她才二十五歲。而你，不過只是想要談一場戀愛而已，這樣的願望，很過分嗎？彷彿是一個貪心的孩子，奢求自己要不到的蕾絲蓬蓬裙一般，你用羨慕的眼光看著聚光燈下的女孩，自

己站在陰暗的角落，覺得被世界給遺棄。你並不奢望一個高大英俊、家財萬貫的對象，而只要一個懂你的人，一個可以在你心情不好時候，不是試圖逗你笑，而是為你泡一杯熱茶的他。你的願望如此簡單，可是愛情怎樣都不簡單。

你怎麼樣都不懂，自己只是想要愛，而愛情卻常常讓你覺得自己很奢侈。你也試著猜想，是否自己做錯了什麼事？才會在愛情門口投遞了好幾封履歷信，卻都被退回。心慌是盞檯燈，在夜裡還張揚著，讓你不得眠，你就著燈花了好幾個夜晚重新審視履歷表，卻發現上頭連一個錯字都沒有，但愛情卻總讓你吃了閉門羹。於是你不停地問愛情，是否自己缺了什麼？你看著拿到戀愛入場券的人，以為可以從她們身上找到典範，但只換來更大的打擊。

你發現自己並沒有比她們差，你唯一輸掉的就是——她們擁有愛情，而

你沒有。

接著，你聽見了耳語，有人說，愛情需要緣分。因此，你問，緣分在哪裡？多拜幾次月老、多繫幾條紅線，東北方再擺上粉紅色水晶，這樣夠不夠？算命師說你的真命天子要一年後才會出現，但已經過了三個一年，你遞出去的紅包卻比你跟異性牽手的次數還要多。你看著同學聯絡簿上的已婚名單愈來愈多，覺得自己離愛情愈來愈遠。你並不貪心，但卻連下場的機會都沒有，戀愛候補名單上始終都不見你的名字。

你又問，愛情為何總是讓人傷心？要多努力才能夠擁有，要多虔誠才能夠留住，要多溫柔才會被珍惜，還有，要多麼堅強才不會受傷？到了最後，你開始問，愛是什麼？但愛情始終沉默不語。可殘酷的是，這些疑問句並沒有讓你就此不要愛情，反而加倍提醒了你的欠缺。傷心沒有把你推向宇宙，

反而像是地心引力把你從天上向下墜，讓你在愛裡下墜，幾乎破碎，覺得自己被愛給丟棄。

在愛情前面，你有那麼多的為什麼，甚至、甚至，最後你開始覺得疑惑已經多於期待。但同時，你的心裡卻也明白，你並不是不想要愛情，從來都不是。問題是在於你那麼想要。不想要一個東西，並不會傷人；但那麼想要，卻得不到，可以毀掉一個人。對於愛情，你還是有很多的疑問、有那麼多的不服氣，你不停地問，但繞了好幾圈才發現愛情問不來，自己還在原地。

可是，愛情是一種映照，讓你可以面對自己，從一開始的不甘心，到最後你開始學會在愛裡誠實，縱使它有多麼讓人傷心。你終於明瞭，在跟愛情爭道理之前，不能先輸掉自己；而在問愛情之前，你要學會先問自己。

或許愛情沒有解答，但你卻能聆聽自己，在等愛的路上不讓自己迷路。

然後，隨時上路，再愛一回。

相愛的證明，背叛的最佳證據

一個男人的告白：「毫無疑問，男人就是禁不起誘惑，所以追究這一點沒有意義。但不懂得拿捏分寸，又是另外一回事了。」

終於，你必須難堪地承認，在被背叛的過程之中，其實要發現些什麼線索並不難，最難的是，你要什麼都沒有察覺。

兩個人在一起，無論開始的步調差異多麼大，即使後來也不一定速度能夠完全一致，但只要時間夠長，總會、總能培養出某種默契，某種一起往前走的方式，或許不夠完美，但卻是獨一無二。而這，就會是一種心照不宣，

是屬於你們獨有的相處方式，別人模仿不來、強求不到。就像是行星軌跡，你們培養出了專屬於彼此的戀愛常態相處模式，然後運作。

也因此，只要稍有變化，你輕易就能察覺。也或者是說，你並不用刻意去觀察，就能夠感受到其中的不同。你知道他說謊時會摸耳朵、你了解他最忙碌的月分是在三月與十月，現在不應該是加班的季節、你也清楚他偶爾會不修邊幅，但只有在戀愛的時候會特別在意外表，就跟當初你們剛在一起時一樣……你了解他的一舉一動，這些都是你們一起經歷過，然後累積起來的寶藏。所以，哪怕是只有一點點的不同，你都會在第一時間就發現。

你怎麼也沒想到，你如此珍惜的兩人回憶，那些你們一起創造的，現在竟成了背叛的最佳說明。共有的，不僅僅是你們相愛的證明，現在也成了傷心的證據。

　　　　　　　　　相愛的證明，背叛的最佳證據

再後來你才理解到，原來劈腿需要的不是好演技，反而是不作戲。你們要像尋常一樣，偶爾鬥嘴，然後和好；鬧鬧小彆扭，然後再討彼此歡心，而不是他開始一味地對你好，一爭吵就先道歉。過分的好，就是一種不自然，就像是突然的一束鮮花、一份禮物，都是蛛絲馬跡。女人用購物來發洩不滿，男人則靠送禮來消除愧疚感，你太明白這點。

所以，你並不需要仰賴什麼過多的證據來佐證他的背叛，你只消用自己對他的了解，就可以推敲出幾分。抓姦在床、衛星定位、跟蹤追逐……原來其實都不是在找證據，而是在確認。因為懷疑了，不對勁了，所以才窮追不捨，非要親眼看到才算數。你要求證的，不是「他不可能會這樣對你」，而是「他怎麼可以這樣對你」。愛情的開始講求的是感性情緒，但唯有在變心的時候，才追求理性科學，你覺得有點諷刺。

可是，劈腿不講眼見為憑，因為眼見了，有的只會是碎裂，而不是什麼憑藉。經歷過了，你才懂這點。

最終是，愛情某種程度而言是一種互相的討好，只不過這種付出是一種心甘情願、一種你來我往，而不是單方面的給予。所以，當他開始把該給你的好，拿去給了另一個誰，你也要試著收起該給他的好，你不是小氣、也不是吝嗇，只是，你知道自己很好，所以也值得有人對自己好，如果他不行的話，你也可以不要。

戀愛，是一種讓自己開心的方式，所以當不開心的情緒大於開心時，你要靠自己開心。而你，始終都要記得去討自己的歡心。

相愛的證明，背叛的最佳證據

其實，

他的言語總是漏洞百出、前後不一，

你早就察覺了，你早有機會戳破的。

然而，你在賭，

賭一個意外、賭一個猜測之外的奇蹟出現。

告訴你，你是錯的，你終於要幸福了。

但其實，

你在賭的並不是將會幸福，

而是賭上了自己的幸福。

你賭的其實不是愛，而是捨不得。

你迷信愛的預感，但不信壞的徵兆

一個男人的告白：「相不相信『命中注定』？我相信。

但我更相信，天無絕人之路，沒有誰注定要一輩子孤單。」

一抹微笑、若有似無的視線、無聲勝有聲的默契……跟著，你就陷入了愛裡。

所有的愛情都是這樣開始，一點點的細微、再多一點，這些都是愛的預兆，最後就凝結成一張無邊際的網，讓人逃不出去。他很好，甚至有點太好，於是你慶幸自己的好運，更加欲罷不能，只是你從來都沒想到，在網子上頭

的自己原來真的是隻蟲子，而你不過是他的獵物。你以為的從此停泊，原來竟是囚禁。但就因他很好，所以你才沒想到，也才即使發現了也不去相信。

愛情裡的好，原來可以是壞的，因為他那些從前的好，結果都反過來變成了是後來所有壞的脫罪。

也就像是，你明明已經發現不對勁了，他的眼神、他的語氣，更不用說他的舉止。但你仍繼續用那些曾有過的好來安慰自己，欲走還留，所以才到了門口又折回，一次又一次，然後每多掙扎一回，羈絆就會又更深一點，最後才連逃都沒辦法；而別人則用那些好來指責你，說你不懂感激，你被夾在中間，動彈不得。每每想要逃脫，那些他曾經對你的好，就會拖住你，只要走得稍微遠一點，反彈的力道就愈是大，然後遍體鱗傷，心上跟身體都是疤痕。

但你還在用那些好來安慰自己。「他以前對我這麼好⋯⋯」「他其實沒那麼壞⋯⋯」你們以前共有的那些美好經歷，不知怎麼地，今天竟變成了你對未來的願景，以前他可以的，以後一定也回得去。你覺得好笑，笑到身體都痛了起來，低頭一看，才發現早已是體無完膚。你才懂了，原來，曾經的好竟成了現在餵養傷口的養分。

你本來想責怪他，但跟著才發現是自己沒離開，原本你擁有選擇權，只是後來被自己給讓渡出去。你用你的選擇權，去交換了「未來或許會再好」的可能性或是念頭，一直到碎裂了才驚覺自己不僅是沒了選擇，而且也沒了以後。

在愛情裡，我們總是相信直覺、相信一點愛的小預兆，拿這些虛無飄渺來當作依據；但在感情變質的時候，卻不相信那些顯而易見的壞的作為。

你迷信愛的預感，但不信壞的徵兆

愛情常常在不知不覺中變了調，很尋常的生活、很日常的時間的推移，日子就是在這種毫無察覺的狀態下已經不一樣，不會鈴聲大作示警，因為規律的生活會掩蓋瑕疵，讓人麻木，習慣了痛。也沒有所謂的清醒，因為醒來就只剩碎骨粉身。

因此，也才錯過了可以回頭的契機。回頭，不是說回到他的懷抱，而是回到愛的最初衷。

其實，離開一個人跟相愛很像，都需要一個剛剛好的時間點，才能夠走得掉或談成一場戀愛。因此，在相信愛的預感時，同時也請去相信壞的徵兆。

愛上一個人，他一定有哪裡好，否則你們不會在一起，但這並不表示人會一直都好，能理解這件事，在適當的時候轉身，才是對愛情好。

有時候，離開，並不是拋棄了愛情，而是保留。留下自己對愛的好的想望，才有機會再去愛人。

你迷信愛的預感，但不信壞的徵兆

原來愛情的最痛是，

不是他已經不愛你了，

而是，

眼睜睜看著他，從愛你到不再愛你。

你親眼看著他的轉變，

然後無能為力，

這才是愛情最叫人傷心的地方。

聽說我們不再相愛

一個男人的告白：「不管對誰，即使是最知心的朋友，『我不愛她了。』都不可以隨便說出口。即便只是玩笑，一旦傳到她的耳裡，她就會真的不愛你。」

「聽說，你們不再相愛了。」語法是過去式，語末的那一個「了」更是最佳的證明。我去過了、我已經到了……說的都是已經完成，或是已經結束的事。

因此，當這句話從別人的嘴裡傳來時，就像是突然被甩了一個巴掌似

的，你措手不及、無法反應，只有臉頰上的熱辣辣還疼痛著。等麻燙稍微退去一點之後，你才開始追問、也才記得要追問，他是怎麼說的？在什麼情況下說的？「玩笑話？」無法帶給人歡笑的話，怎麼能夠稱得上是一種玩笑。

「我討厭你」、「我不要愛你了」可以是情侶之間某種情話的交談，一種穩定關係裡的小情調，但卻不是可以對外人表現幽默的方式。

也就是當時你才發現，所謂的「玩笑話」，要當事人都覺得好笑才能成立，若是少了一方，就變成是一種惡意。

而你的追問，其實只是想要從裡頭尋找他還愛你的蛛絲馬跡，但也就是因為這樣，你才更確定了他的認真。酒後吐真言，然而在更多的時候，人們是藉著玩笑說實話。因為，沒有人會把「不愛了」當作對外人說的玩笑，當一個笑話不好笑的時候，就只剩下難以收拾的尷尬。而你就像是無預警就宣

布終止的馬拉松參賽者，沒有誰來知會，身上還穿著標示號碼的衣服，努力想要跑到終點。但比賽只剩你一個人，散落一地的難堪。跟著你也才懂了，他口中的「我們」，說的其實是「他」，但就因為不想當先不愛的那一方，所以才把你給一起拖下水。

你想，你最傷心的並不是他不愛你，而是他已經不愛你了，卻對別人說你們不相愛；他已經不愛你了，卻在你面前假裝還想要在一起，背地裡卻滿腹委屈，彷彿被虐待。

但其實，你並不是非要愛他不可，你的條件沒那麼糟，還不需要靠已經逝去的來獲得慰藉；你還是有人喜歡，死賴著也不是你的優先選擇。沒有一種愛情可以靠單方面來完成，雖然愛常常會叫人白費力氣，但一廂情願則只是一種對自己的浪費而已。你也並不是沒有選擇權，只是，你希望自己在愛

聽說我們不再相愛

一個人的時候，可以死心塌地。因為你曾經那樣被拋下過，所以才發誓不要那樣待人，一種關於愛的己所不欲，勿施於人。

你並不想跟一個不愛自己的人在一起，你要的始終都是愛情，裡頭要有兩顆心。愛一個人可以不要自尊，但若自己的愛別人不想要，也要記得給自己尊嚴。也就像是，相愛時，什麼都可以答應；但若不愛了，什麼也都不用應允。雖然不被人所愛叫人傷心，可是被一個不愛自己的人假裝愛著，更是一種心傷。傷心花點時間就可以痊癒，然而心傷卻是要時間再加上好運。你向來都不是好運氣的人，就連彩券也沒中過，所以才更要自己去努力，而這些所有的盡力，都應該是建立在相愛上頭。

你也不是勇敢，只是你情願在還能好起來的時候收手，也不要傷痕累累到無法復原才放手。你在很久以前就學會不勉強、不脅迫，拚死拚活驗證的

常常都不是愛有多偉大，說明更多的都只是愛有多脆弱。

聽說，我們不再相愛了？愛情不總是由人，你知道。但若不愛的感受已經清清楚楚，也請趁早說，給不了未來，至少要給得起交代。

聽說我們不再相愛

最厲害的第三者，其實是男人心裡的那個賊

一個男人的告白：「其實，偷吃不是最可惡的事。

最可惡的，是偷吃卻忘了擦嘴的人。」

原來誘惑是風，你只能盡量去阻擋，卻無法做到完全隔絕。而男人的心有扇門，即便關了門、上了鎖，但真想要翻天覆地，再細的門縫，都讓風可以鑽得進來。

一直到他口裡招認了另一個她之後，你才徹底承認自己敗了。你關心他的生活起居，知道他每天的行程，試著不給壓迫只給體貼，盡可能做到盡善

盡美、無微不至；你也認識了他的每個朋友，表現得落落大方，為的就是希望可以多懂他一些；不讓他為難尷尬，如此費心勞力，就是為了防個萬一。

到了最後，你不僅是融入他的生活，甚至還把他的生活變成是自己的，但怎麼最後還是闖進了人？萬一、萬一，裡面還是有個一。

你努力去思考是否是哪個環節出了錯，才會今天落得如此？又或者是，自己是不是不夠好，才要被懲罰？對，你覺得這是一種處罰，就像是小時候的考試，即使已經拿了九十八分，你仍會懊悔怎麼就是錯了一題，而忘了榮譽。原來，你小時候就是這樣被教導著，然後，這個慣性跟著你也把它延續到愛情裡。因此你的第一個反應是覺得一定是自己犯了錯，所以別人才可以趁虛而入。你也問自己是否少做了什麼？才發現自己不僅什麼都做了，而且還做得太多。你什麼都做了，就是忘記多愛自己一些。

最厲害的第三者，其實是男人心裡的那個賊

他背叛了你，但不知怎地，你卻還是覺得是自己的錯。原來第三者最可怕的並不是奪走你的愛情，而是讓你否定自己。

終於你大夢初醒，在大多數的時候，「背叛」跟一個人好不好無關，而是跟會不會比較有關。因為人是群居動物，無論如何都不可能避開人群生活、同事、朋友、客戶，或是偶然碰到面的陌生人，都可以是個出軌的契機。而你無法、也不要去監視一個人的二十四個小時，所以只要有心，隨時隨地都可以是背叛的好時機。人，無法限制別人行為，只能規範自己的心。

跟著你也懂了，最厲害的第三者其實是男人心裡的那個賊。外賊好辨識，只要夠小心謹慎就可以；但內賊卻防不了、也看不到，因為「他」不只是偷偷摸摸，還會春風吹又生，就像是雜草，以為已經拔乾淨了，但只要稍不留意，就從牆縫又鑽了出來。

最後你才明白，原來自始至終都不是自己不夠好，而是他的心不滿足，對他而言，誰都不夠好。

於是你不再自責，開始學會讚美那個已經考了九十八分的自己，因為沒有人是十全十美，只要能做到自己的最好，就已經是完美。完美不應該是做到一百分的好，而是一種百分之百的心意對待。而犯錯的人也是他，不是滿分的應該是他，你不必替他的手心去挨板子。

男人心裡的賊你抓不到，只能靠他自己去把關。因此，在找尋小三的蛛絲馬跡之前，你想先試著去搞清楚，他的心裡有沒有藏了一個賊。

　　　　　　最厲害的第三者，其實是男人心裡的那個賊

「死心了沒有？」

你問過自己無數次，每次都是下定決心又回來。

你也問自己到底多愛他？

但其實只是因為不夠痛，所以才鬆不了手。

死心了沒有？

不要等到心死了才想回頭，

記得要保留還能夠繼續去愛人的心，

不要讓現在也賠上了以後。

你是自己的，你要比誰都愛自己。

壞的是人，從來都不是愛

一個男人的告白：「你可以去相信愛情裡面總有不得已，例如，背叛、說謊、傷害或是其他，但要不要接受，就端看你自己。」

如果說，傷害有等級程度差別的話，那麼，被外人傷害是C；被自己所愛的人傷害則是B；而最高等級的傷害是，兩個你愛的人一起聯手，等級：A。

你曾經悲觀地想過，或許愛情難免汰換，但總會、終會有自己的好友陪伴在身邊，當你感到挫折、傷心，甚至對人生感到失望時，都會有個人懂你

所經歷過的一切，然後再把肩膀借給你。除了家人之外，還會有人對你不離

不棄，這是一種天大的福氣。因此，你從沒想過，一場失戀，帶走的不只是

一段愛情，還有一段友情。你最好的朋友跟你的男朋友，在一起了，你青天

霹靂。

你最大的傷害並不是來自他們的背叛，而是，因為你們如此要好，他們

是世界上最懂你的兩個人，所以也最知道什麼方式能傷得了你，然後，他們

竟用那樣的方式對待了你。在開始之前，他們便確信你會因此而粉身碎骨，

絲毫不費吹灰之力，有多麼容易，你現在就有多麼受傷。你傷心的是，他們

不只破壞了你對愛情的信心，也損傷了你對人的信任。

但在所有的傷心當中，更叫你難過的是，其實你很想要原諒他們，但卻

找不到足以支撐的理由。

他們都是你生命中最重要的人，即使到現在也是。你們一起度過了許多美好時光，一起歡笑、一起落淚，跟著再一起走到了這裡，這一些，都不是誰可以替代，也無法抹去。你們一起累積了那麼多，你從他們身上學到了這麼多，所以在心碎的同時，你更知道自己其實並不想埋怨他們，你還想愛他們。你想給他們的從來都不是怨恨，而是愛。而真心誠意的這樣想，卻做不到，讓你加倍傷心。

原來，即使是責備也需要有對象，你終於才體悟這件事。比如說，若是你的男友移情別戀，你可以痛罵小三；而要是你的好友被拋棄，你可以斥責她的前男友，但如果自己男友劈腿的對象是自己的好朋友的話，你不知道自己該先指責誰。因為，你分不清楚誰對你比較殘忍。

那時候你也懂了，即使是去恨一個人，也是需要力氣的，何況是兩個。

壞的是人，從來都不是愛

你已經滿目瘡痍，連自救的力氣都快沒了，怎麼還有多餘的力氣可以給出去。

但你也想過，自己是否終會原諒他們。因為時間是流動的，沒有過不去的傷，只有強留的痛；而你從來也都是個善良的人，你對任何人都客氣禮貌。你更問自己，如果自己能原諒陌生人的錯，那為什麼不能原諒自己愛的人呢？而他們也不是真的壞人，不然你們不會為伍那麼長的一段時間，只是、只是，他們剛好對你做了壞的事，如此而已。人會犯錯，他們並不是刻意想要傷害你，你懂這件事。而你們再當不成朋友，這是你的最可惜。

但是，在這一天來臨之前，你不去想原不原諒誰，你想先饒過自己，放過那個傷痕累累的自己、不再對愛信任的自己。現在的你，只想要把全部的力氣都拿來過得好。你知道自己只是遇到了壞的事，但你的愛沒有如此廉價，這麼輕易就被買走。不好的事只是拿來讓自己更堅定對愛的信仰。

你不要因為他們，就把往後的愛都變成錯的，因為壞的是人，從來都不是愛，你這樣提醒自己，再把愛的信心，一點一滴找回來。

壞的是人，從來都不是愛

傷心問：
你還好嗎？

2

於是你才驚覺，

「你還好嗎？」這句話是面照妖鏡，

會反射出自己的原形，

你的堅強與脆弱在它面前都無所遁形。

傷心的人最怕聽到「你還好嗎？」

一個男人的告白：「問別人『你好嗎？』其實很危險，因為一不小心就會難以收拾。更因為，在勉強說了『好』之後，會讓傷心的人加倍傷心。」

原來，「你還好嗎？」是一個開關，只要這簡單的四個字，你的眼淚就潰堤；只消這一句話，你的堅強就跟著全部繳械。

已經連續三個月你拿了全勤，沒有因為整夜的無眠而荒廢日常；你的體重終於沒有再往下掉，甚至你覺得自己的味蕾也回來了，日子不再食之無

味；你再沒有缺席任何一場朋友的約，會把自己裝扮得漂亮出門，沒來由的低落不再是你無故缺席的藉口；聽到笑話你也會笑了，不會再時常於聚會中突然陷入自己的情緒中，無法自拔。朋友都說你好了，看起來不一樣了。起初你有點懷疑，但別人眼中映照的你也日漸投射到自己心中，你開始覺得自己真的好了。

你以為自己已經過得很好，你一直都把自己照顧得很好，你一直都是這樣以為。但沒想到旁人冷不防的一句「你還好嗎？」就讓你啞口無言，你突然眼前一片黑暗，只能聽得見自己的心臟狂跳，因為你無法打從心裡說出「我很好」三個字，你的遲疑，一瞬間就揭露你的心情。原來，你所有自以為的很好，其實暗處都藏著不好在暗濤洶湧，只是因為看不見，所以就可以忽略。但只要燈一開，就哀鴻遍野。

於是你才驚覺，「你還好嗎？」這句話是面照妖鏡，會反射出自己的原形，你的堅強與脆弱在它面前都無所遁形。

跟著你也才懂了，一直以來自己治療傷口的方式就是眼不見為淨，只要不斷提醒自己它不存在，有天它就會真的消失。你聽過心誠則靈，但卻努力錯了方向，只是自己沒察覺，所以現在才會一聽到關心語句就東逃西竄。原來，你的天真並不在於愛得單純誠懇，而是希望擺著不管，傷疤就會自動消失。雖然時間會幫助人淡忘些什麼，但沒有自己的努力，都只會是事倍功半，也所以你的「好了」才會一推就倒。

真正的痊癒，是指能夠在面對過往時不嘆氣、看見回憶迎面而來時不別過頭去，然後，在它走遠的時候，不再頻頻回顧。跟著你也才明白，那些心裡扎了根的曾經，原來自己只不過是把它們趕了出門，但從此它們便日夜都

傷心的人最怕聽到「你還好嗎？」

在門口徘徊，於是你再也出不了門，終日只聽見它們來回踱步的腳步聲，聲響如雷，不斷提醒著你的傷心。你沒想到自己的眼不見為淨，竟讓你往後都草木皆兵。你，從來都沒有學會跟它們和平共處。

心靜氣才是告別一個人的終點。

到最後你終於體悟到，要離開傷心或許沒那麼容易，但想要痊癒就要多點耐心，必須學會不心急、不脅迫，而摧毀與重建都是一個堅定的過程，平

每個人最終能夠拯救自己的，都只有自己，能夠讓自己好起來的，也只有自己。一個人時，都要學會照顧自己。然後，有天再聽到「你好嗎？」時，能夠由衷地肯定自己很好，那時候才是真的好了。你要很努力去做到。

愛情是一場「好自為之」。

這樣的話並不是殘忍，
因為你早該知道，愛情更是殘酷。

終究是，
在說了一百個他的不是之後，
戀愛還是要靠你們自己走下去。

在說了一百個愛情難題後，
問題還是得靠你們解決。

愛情裡面沒有醫生，
沒有人救得了別人的愛情。

談過幾場戀愛後，你終於知道，

關於愛情，我們只能自己好自為之。

愛情沒有特效藥，疫苗還沒問世，

你只能靠自己醫治自己。

他只是不夠好，
起碼不夠好到足以跟你繼續往下走

一個男人的告白：「你知道眼睛為何是長在前面嗎？因為它們就是用來提醒你要往前看，一直回頭望是一種不自然的行為。」

原來，最難以癒合的傷口並不是背叛、傷害或是欺騙，而是，自責。

他走了，你先是不可置信、再是傷心，接著責怪對方，最後再用自責告終。每段愛情結束之後，總是會經過這樣的歷程，你不懂你對他如此好，為什麼他還是要離開？所以否認；然後，你想他一定會再回來，這不只是一種

祈求，甚至包含了某種程度的天真。直到確定他不會回頭了，你才真的背面對自己的眼淚，他的堅決造就了你不留餘地的傷心。於是你開始說對方的不是，你用最簡單的方法來讓自己痊癒，就是：否定他，你藉由說他的不是來麻痺自己。原來惡言惡語是一劑鎮定劑，用來讓自己面對腐壞不驚慌、不傷痛。

一直等到藥效退了，緊接著自疚感排山倒海而來，你才發現其實自己從來都沒有痊癒過，只是因為麻醉了所以才沒有知覺，因而讓你產生錯覺，一種海市蜃樓。接著你開始否定自己，把所有曾經對他的指責加倍加諸到自己身上，你覺得一定是自己不夠好，所以他才會頭也不回；一定是自己有所欠缺，他才會如此狠心決絕。當初你用否定他來獲得安慰，現在則用怪罪自己來得到滋味。你把這當作是一種懲罰，以為這樣就可以得到救贖。

但你卻忘了，兩個人在一起從來都不該是誰拉了誰一把，而是誰跟誰一起了，誰跟誰一起同行了。愛情沒有上下之分，只有左右相伴。

可是，你卻還是責怪自己。你的自責來自於你們曾經那麼要好，如今卻不好，你覺得一定是有人破壞了這份美好，但就因為無法指責他，所以只好把矛頭指向自己。事出必有因，總該有人被指責，否則以後你怎麼對自己交代？而自己，就是那個罪魁禍首。然而，你卻沒發現自己所有的檢討與修正都是建立在否定自我上頭，這是一種本末倒置，而不是前進的方式。因為所有的自我反省都應該建立於不偏頗才對，這樣才會有意義，否則就只是一種偏袒、一種是非不分。

跟著你才驚覺，一段關係終結後，最可怕的其實不是從前所共有的都一筆勾銷，反而是自己忘不掉也躲不了，然後再被拖著不放。所以你才會拿以

他只是不夠好，起碼不夠好到足以跟你繼續往下走

前的好來當作借鏡，對照現在的自己。傷心，無藥可醫，而過分的自責只是雪上加霜。自省的目的是為了繼續前進，這樣才是對的，若單單只是成為未來的阻礙，則叫做牽絆，失了意義。

最後你終於也體悟到，有時候一個人的轉身，與自己是否犯了錯並無絕對關係，常常只是兩個人的步調不同了而已。也不是自己不夠好，因為在更多時候，兩個人會走在一起跟好或不好無關，愛情是一種不講道理，只問愛與不愛，不管配與不配。自始至終愛情都是你情我願，別人無法勉強、也不能指定，所以你不能一味地責怪自己。

愛情是，好是一起的，但壞也是兩個人所共有，不會單獨是某一方的錯。愛情裡的同甘共苦，原來說的是這件事。

也或者是，離開的人，只是不夠好，起碼不夠好到足以跟你繼續往下走，所以才無法在未來的日子相伴。你不再自責，試著把那些自我否定的，變成另一個人對自己的肯定。

他只是不夠好，起碼不夠好到足以跟你繼續往下走

你不能否定我的愛

一個男人的告白：「沒為她哭過的，不算在一起。」

比被一個人拋棄還要悲慘的是，他否定了你的存在。

「她對我只是迷戀而已。」「我覺得這不算是愛。」……即使是從別人的口中傳來，這些話仍像是利刃一般刺進你的心臟。你的血湧了出來，因為速度太快，所以哽住你的喉嚨，也哽住了你要脫口而出的疑問。

你很想問他，他所謂的「愛」是什麼？為了一個人牽腸掛肚、噓寒問暖，

或是徹夜守候，這些算不算是愛的一部分呢？如果不是，那麼為他喜、為他憂，又為了他擔心害怕，這樣算嗎？你以為這是你對愛的一種理解，但是他的話卻輕易就推翻了這一切。你握在手中的愛，原來在他眼中一文不值；你以為它是溫熱的，但其實很冰冷。

那一刻你就懂了，原來當一個人不想要時，你手上的珍視的寶物，都如敝屣。

你們並沒有在一起，你當然很清楚知道這件事，縱使你有多麼地想望，可是常常愛情就是不在自己的考量之內。但即使是這樣，起碼你知道自己是如此去努力過了，你無愧於心、更沒有對不起自己的愛，這樣就夠了。你曾經試著為他再堅強一次，滿地的心碎不正好就說明了這一點。所以，當他說這「不算是愛」時，你感覺到自己的心又被劃了一刀。

你不能否定我的愛

或許你對愛的理解沒有他多，經歷過的也比他少，但是，你也愛過，所以很清楚愛上一個人時會有什麼感受、會有什麼反應，那種想要為對方付出一切，想把最好的都給對方的心情，你都有過。就像是你曾經為他所做過的那些事情一樣。而這些，如果不算是愛的話，那又算是什麼？你也想這樣問他。

而你們之間，只是你愛上了他，而他並沒有，如此而已。但並不表示，你的愛就不是愛。你經歷過什麼，你自己最明瞭，你對待他的方式，就如同自己對於愛情的理解一樣，付出的心力也同等。你以自己對愛情的理解去經營跟他的關係。你並不要求他非要認同你的愛不可，但是，他也不能夠否定你的愛。他擁有拒絕的權利，而同樣你也擁有選擇付出的權利。

沒有一個人可以說，你的愛是錯的。因為，這是你的愛。

跟著你才明瞭了，愛一個人的珍貴與否，全端看對方的回應而定。愛不只是一種感覺，更是一種行為。對方不需要的心意，對他來說就是雲煙空氣，給得再多都只是浪費，但你卻要懂自己的價值。你想要愛的好，所以要把自己交到識貨的人手上，愛不是非他不可，這也才會對得起自己。

你也相信，一定、一定會有另一個人，把你捧在手心視若珍寶。

你不能否定我的愛

其實，你很想要對他好。

然而在你所有為他做的事情裡，
最叫你傷心的是：你刻意不跟他聊天。

因為，
你寧願不跟他聊天，
也不要因為跟他聊天，
就確認了他有多麼不在乎你。

愛才是戀人的第一考量

一個男人的告白：「為什麼男人總喜歡把付出金錢當作是一種愛意表現？這是因為他們不懂得其他對女人好的方式。」

當一段關係開始錙銖必較自己存款簿裡頭數字的增減時，示意的其實更是，兩個人已經開始不在乎感情的多寡。

這是愛情裡的最後一道關卡，你們不再問對方愛不愛我、不再開玩笑似的計較誰比較愛誰，而是開始認真地計算誰付出的比較多。多了，就要拿回來。思考模式從「兩個人這樣比較好」，變成「這樣對自己比較好。」因而，

愛情終於開始崩塌。愛，再也不是你們的優先。所以才會有心力去思索愛以外的其他，一種關於愛的警訊與末路。

然而，其實你從來也都不是計較誰帳付得比較多，愛情本來就是一種付出的體現，我們會心甘情願對另一個人好、希望他好，然後，有能力的人多給予一點，這都是應該的。因為相愛時，金錢從來都不是戀人的第一考量，愛才是。也因為，金錢付出是愛情裡最簡單的討好。只是當初的最容易，隨著愛情的毀壞卻變成現在的最難纏。你搞不清楚愛情怎麼會發展至此？到底是金錢壞了愛情？還是存款數字是你們愛裡最後僅存的東西？

也或許，之所以在最後會斤斤計較那些在愛裡的關於金錢一分一毫，是因為那是在兩人關係中，少數有憑有據、唯一說分得清楚你跟我的東西。

就因為感情是無法秤斤論兩的，因此才會希望抓住僅有的依據去憑藉，然後論定。終於你明白了，這原來竟是一種切割，你把它當作是一種關於感情告終的儀式。藉由這個動作可以從此與對方沒有關聯，你要斷了彼此的往來，就像是他遺留在你家裡的所有東西一樣，你不想保留，但大多數時候這並不是絕情，而是不想觸景傷情。你把錢當作是一種感情遺產去看待。

但也就因為太容易，所以一旦去計較就變得太傷人。因為愛情包含了更多無法釐清的東西，所以才可貴、才叫人欲罷不能，而這些，又該怎麼去結算呢？也或者是，我們總是把金錢與傷心畫上等號，以為只要多拿回來一些，就能在破碎的關係裡多抵銷傷心一點，一種變相的保全。只是你忘了，愛情給的傷從來都是在心上的，而不是用帳戶裡的數字去計算。最後你才懂了，是自己把愛情的珍貴性變成了是廉價物品般的去討價還價。

當然，麵包還是很重要，你早就過了只要愛情就能活的年紀，但這也不表示麵包要擺到愛情前頭才是，而是愛情需要適當的麵包灌溉才能成長，你很清楚這點。就因為愛情最難的，就是在於那些看不見也觸摸不到的感受，所以當初才會付出那些好，現在若想收回，何嘗不是一種自打嘴巴、一種愛情的耍賴。

如果說，愛情的失敗已經讓人筋疲力竭，何苦自己再多給一些為難。因為失戀最大的苦，常常都是想著給予要收回。只是，其實金錢也是一種付出的方式，既然稱為「付出」，也就像是其他在愛裡的對待一樣，無所謂收回。愛情的開始不是面紅耳赤，結束時也不應該是你死我活。經過後，你才終於體悟到這件事。

這是一種愛的學習，付出的不再想著收回，你要學著在愛的殘垣斷壁中

留下僅有的關於愛的信念，以後還有能力再去愛一個誰，而不是輸掉愛情還心力交瘁，這才是全身而退。

愛才是戀人的第一考量

「如果」的愛情

一個男人的告白：「如果？這是一句肯定句嗎？」

有一種愛情，用「如果」當開頭，拿拉長的尾音做結尾。

「如果你……、如果我們……」他這樣說。雖然國文不是最高分，但你當然知道這是一個「假設句」，表示未完成、示意著不肯定，但它也包含了兩個人關係再繼續的可能性。而最重要的是，它是你在心中無限上綱的未來想像。你們靠得很近，只差一步之遙，愛情就可以名正言順。

因為談過幾次戀愛，你早就不是天真爛漫的小女生，對愛情的憧憬也已經跟從前不同，因此理解愛有時會不完美，接受愛情總是有所欠缺，所以更知道愛情有時候需要一點努力。就因為如此，因而你加倍付出。覺得自己只要再多堅持一些，就可以填補不足，想用更多的努力來將「如果」變成肯定句。

勤能補拙，長輩曾這樣告誡你，同理可證，愛情也是，勤奮可以填補不完美，你這樣告訴自己。

因為愛情很難，哪怕只有一點幸福的機會，你都捨不得浪費。

所以，你自顧自地向前張望，遙想愛情的模樣，口渴遞水、天冷加衣，只穿他喜歡的顏色款式，聖誕節還沒有來臨你就織起了毛衣手套。只要是你想得到的，你都去做；想不到的，你拚命去想。你不怕給予的白費，只擔心做的就差了一點。他的愛情名分上還沒有你的名字，但你卻已經變成他的。

　　　　　　　　　　　　　　　　　　　　　　「如果」的愛情

他是你生活的重心、你的快樂與悲傷，你活得像他，卻不像自己。

可他的愛情卻還是離你很遠，他就像太陽，你一抬頭就看到，似乎只要張手就可以抓到，但不管你如何追逐，始終在遠方。你放開手，上頭只有風，既看不到也沒有會經擁有的證明。然後，你又想起了他的「如果」，最後你才發現，雖然他的如果裡沒有句號，但其實你們的關係早已經是句號。沒有如果的如果，你怎樣都沒想到，原來「如果」還有另一種可能性。你的未完成，他早已經完成。

到頭來，原來只有你不懂而已。怎麼，他所謂的如果，其實是沒有如果。

你花了好久的時間才弄清楚，男人的心中沒有假設句，同樣也會掙扎、也有顧慮，但他們的「要」與「不要」卻是明明白白。原來他的遲疑並不是

假設，而是一種模擬，一種轉換跑道的觀望。就算是一種遲疑，也只是你跟他，而不是你們。自始至終，你們的愛情都是單數，而非複數。他的「如果」，不過是一種甜美包裝，就像是糖果一樣，光鮮亮麗、甜蜜芬芳，但終究只會帶來熱量。他只是不想傷人，更不想當壞人。

但「如果」卻只會讓人傷心。

愛情裡面沒有「如果」，只有「在一起」。或許「在一起」並不能保證什麼，許與愛無關，但卻跟情有關。

有時候，離開一個人，並不表示自己不愛他了；而選擇留下來了，也或

以前，你會經認為一旦不愛一個人了，就該灑脫地離開，若是還留下，是一種殘忍、一種對愛的嘲諷。就因為如此信仰愛情，所以眼裡才容不下一

「如果」的愛情

點雜質，你追求愛的純粹極致，所以，怎麼可以接受兩個人在一起卻沒有愛？所以你才去逃、去躲，就是擔心陷入沒有愛的關係當中，你覺得這是一種對愛的尊敬，更是一種對愛的追求。但卻沒想到打滾了幾回之後，現在仍是孤身一人。你覺得自己沒前進，但也沒後路。

也就是那時候你終於想到，自己一直以來所謂的「純粹的愛」又是什麼呢？一直以來自己所追求的究竟存不存在？而當我們說著「不愛了」選擇結束一段關係時，指的又是什麼？跟著你才發現，原來我們所謂的「愛」其實都是每一個人自己所定義出來的，從來都沒有人規定愛非要怎樣不可，是自己決定了愛的樣貌，以及愛的來去。原來，我們常常只是把「熱情不再」跟「不愛了」畫上等號，是自己把那些愛情萬歲變成了一種像是口號般的空洞。

你甚至是確切地知道你們不會有結果的。

但你仍忍不住要想要個機會，

一個開始的機會。

一個他曾將你心擺在心裡面的證據、
一個與他人平起平坐的說明，
一個可以把「你」跟「我」說成「我們」的機會。

你不再只是個他不要的人了，
你終於可以是與他相愛一場的人了。

決定愛情期限的，是自己對愛的定義

一個男人的告白：「為什麼男人都外遇了還不跟另一半分手？這是因為男人對另一半會有責任感，但對外面的人則不會。」

你這樣體悟到。

決定愛的期限的，從來都不是命運或緣分，而是自己對愛的定義。最後

因為，只要激情一旦消退就轉身，其實示意的並不是一個人愛情至上，說明更多的只是那個人的自私而已，愛情本來就包含著責任。責任，是愛的其中一個部分。而只要打著「不愛了」的旗幟就為所欲為，不是在讚頌愛情，

反而比較像是對它的一種詆毀。輕易就選擇離開，更只是說明了自始至終談的都只是一個人的戀愛，而不是兩個人的。因為、因為，愛情是在教我們學會善待彼此，把對方的好變成也是對自己好，而不是只想著自己怎樣才最好。

兩個人一旦在一起了，不管最後所謂的愛的感覺會隨著時間益發濃烈，或是給沖淡稀釋，但感受卻是會堆疊，只要相處夠久，都會變成是自己生命中難以抹滅的一部分，誰都取代不了、也都無法替代。而這，或許就是愛情更重要的意義。也就像是陪伴，它的意義並不在於兩個人一起做了什麼，而是兩個人在一起了。

如果說，愛是一種激情的話，那麼或許愛會隨著時間的拉長消失，但情卻不會。因為情分是一種時間的累積，愛情、愛情，而它就包含在愛裡面。

決定愛情期限的，是自己對愛的定義

不想待在一個人身旁，不是沒有愛，而是厭惡。不愛了，不會讓人想逃離，只有無法忍受了，才會。所以，「不愛了」並不是離開一個人的理由。

你再不打算接受這個說詞。而今後，你也開始試著去找跟你一樣不相信的人，一樣不相信激情，但卻相信愛的人。

就因為無法為外人所道，所以才叫「祕密」

一個男人的告白：「男人沒有祕密，因為在我們不想說的時候它就不存在。若女人苦苦質問，就只會變成是謊言。我們沒有什麼鬼祕密。」

年輕的時候，你總是把坦誠與愛的深淺畫上等號，然後細細思量。

你追求的是純粹乾淨的愛，一切都要透明清晰，就連過去都要一覽無遺，才能稱之為愛。然後，再把兩個人的關係建立在這上頭。你猜，那多少都抱持著一點遊戲的心情，你把它當作是一種猜謎競賽，過程不論，但最後都要得到一個答案才算結束。那時的你也認為愛就是要毫無保留，你們不只

是彼此的全部，還要知道對方的一切。

只是你從來都沒想到，一個人的祕密揭曉，帶來的往往都不是驚喜，而是兩敗俱傷的驚嚇；得到的也不會是獎品，而是更多的無妄之災。就因為把最重要的人的祕密當成影視八卦去對待，所以最後也才會不歡而散。

而在稍微長大了一點，你才更驚覺這其實是一種不公平，你不能因為自己沒有祕密，就要求對方要說出他的。你用自己的立場去要求對方配合，對方若不肯點頭，你就認定他一定犯錯；對方若不說出口，你就覺得他對不起你。但你卻忘了，自己拚命在追求以前的他，因而忽略了此刻站在眼前的這個他。你愛的是現在的他，但卻花那麼多的力氣去追究從前，於是開始覺得荒謬。

在受了點傷之後，你終於發現，我們總以為毫無保留可以把愛提升到更高的境界，但常常看到的只是滿目的瘡痍。我們也總是急於想要知道對方的一切，但卻從沒做好無條件包容的準備。

跟著你也才明白，兩個人在一起了，要一起好、一起壞，喜悲都在一起，但並不表示兩個人可以一樣。你們的不同，或許會隨著相處的時間拉長而相近，進而相似，那都是歲月給彼此的禮物，以及兩個人共同努力的證明，但卻仍舊不可能完全一樣。就像是雙胞胎，再怎麼相像，終究還是兩個個體。也就如同情侶，即使挨得再近，也會有間隙，一點點距離有時候反而會帶來好處。

就像是「祕密」之所以稱為「祕密」，就是因為裡頭包含了無法為外人所道，以及難以言喻。就連想要訴說，都不容易，這也是祕密的難處。終於

　　就因為無法為外人所道，所以才叫「祕密」

你才這樣體悟到。

當然你還是會想要知道對方的所有，因為這是一種愛的體現，但同時你也開始學會體諒。他的祕密，若他願意，有一天你就能知道。雖然你不知道需要等待多久，但你想你們相愛的歲月還很長，總會有機會，時間就是一種讓他準備的過程。你等他先開口，等他不再以為祕密是祕密了，而不是咄咄相逼。就像是傷疤，要溫柔對待，而不是蠻橫處置。

你們在一起了，一起往同一個方向走，但你不再要求全盤托出，只要愛得毫無保留，你允許對方保留自己、擁有一些屬於自己無傷大雅的小祕密，那無關你們的愛情。你們還是靠得很近，不過是有時候一步、有時候兩步的差別，最後你只期望你們能愛得光明磊落，但不再要求陽光照耀每一個角落。

有愛，才有意義；不愛了，什麼都無須在意

一個男人的告白：「去糾纏、追問，有點丟臉，男人總是比較愛面子。

然而，在被甩的時候，這樣無聊的自尊卻變成是可以救回自己的方法。」

愛情，要兩個人才能成立，但分手，卻只要一個人就可以完成，你的眼淚發出抗議，但卻都被無聲的黑夜給吞沒，天亮後留下一地傷心。

關於他的離開，你曾經很不服氣，你的不服在於一切毫不合理。你相信任何事都有邏輯，有果就會有因，人怎麼可能說變就變，今天還愛著、明天就拋棄？沒有軌跡可依、沒有脈絡可循，你說服不了自己，所以才希望他來

說服你。你希望他可以給你一個滿意的答案，讓你不會在夜裡睡不著、清醒時就落淚，「不愛了」並不是什麼答案，只是一個「結果」。

然後，你突然想起了某次的別離，你也曾經拒絕過別人，當時對方不甘心的表情此刻歷歷在目。你憶起了自己那脫口而出確切的理由，以及他搖著頭抗拒的神態，原來那時自己認為的真摯誠懇，聽在對方耳裡都不過是一種自以為是而已。你這才懂了，即使答案一樣，但只要換個位置，得到的結果就會不一樣。一個人很難真的去體會另一個人，需要說服得來的，也就不是真心接受。

原來、原來，所謂「滿意」的答案，都是自己認可了才算數，因此，你永遠都只會拿到自己想要的答案而已，其他的都會被你拒於千里之外。

於是很後來你才明白，分手了，原來所有的理由都不重要，就跟愛情一樣，常常只有要或不要，而沒有為什麼，因為不管分離的理由再如何富正確性，即使他說了一百萬個的為什麼，但只要自己不接受，就無法成立。更因為，愛情，從來都不是推理解謎，不講求合理性，只講接受度。

跟著你也才驚覺，自己能接受的都叫做理由，自己不想要的，都會是藉口。

而再隨著日子的拉長，你更慢慢發現了，在某種程度上，原來所有的「為什麼」其實也都沒有意義，唯一不變的是，不管真實原因為何，終究都只是指向了他最後選擇離開你，並無差別。任何理由擺在時間面前，最後剩下的都是結果。但這並不是說因不重要，只是比起「他的為什麼」，更重要的是用什麼心態去接受結出來的果，然後再將它變成一種好的獲得。就因為人無

　有愛，才有意義；不愛了，什麼都無須在意

法改變已發生的事，所以只能去想以後。

而他的「不愛了」，其實說明的不是愛情結束的理由，而是宣告你們愛情的終點。只是當時你不曉得，所以才會去吵、去鬧，最後只讓自己日夜都不安寧。過了這麼久，你終於懂了，可以真心去接受了。

愛情是，有愛，才有意義；若不愛了，什麼都無須在意。在崩塌的事情上努力，只會是白費力氣。你很開心，自己最後可以這樣去思考。

不過是一個念頭，你決定自己不再愛他了。

就像是打了一個噴嚏，哽在喉嚨裡的嗝好了一樣。

眼淚流太久了也會笑的。

而你，在等那個念頭出現。

你等著不再愛他了。

在許多許多時候，

或許我們都不是在等待著他的回應，

而是等待著自己，

終於可以不愛他了。

耐心，不是治療他傷口的解藥

一個男人的告白：「耐心是一段關係裡的必須，但僅限於兩個人關係成立時。男人不是不會被誠意所感動，而是它是最後才觸動心的東西。」

不確定是否可以痊癒，很多時候都是小心翼翼。

每個人都是一樣的，或多或少心上都會帶點傷，不小心觸碰到就會痛、

你談過戀愛、被拋下過，所以清楚那種傷疤，那種欲言又止的悲傷，想傾訴卻又無處可去的灰心，因此很懂得去體諒。而你也要自己去體諒。很早之前你就學會，同理心是一種必須。你想這是一種體貼，一種經歷過時間所

帶來的長大，你懂得站在別人的立場去思考，而不只是用自己想法去判斷事情。也因此，當他向你說著，前任情人如何棄他於不顧，上一段感情的傷口還沒痊癒時，你也只是點點頭沒說話，希望可以用溫柔包覆他。

所以你用傾聽替代提問；微笑替代催促，不強迫、不勉強，總有天他的傷會好，只要他需要，你都會在。然後，有天他就再也離不開。他需要的是時間，而你只需要付出點耐心就可以。

那時候的你千思萬想，唯一沒想到的是，他會回去。他們舊情復燃了。

事前徵兆不那麼明顯，可能只是幾天的較不熱絡的聊天、或許是他臉書上動態訊息更新得較慢，但他並沒有消失，只是比之前回應得較少、較慢，如此而已。你猜，應該是他最近比較忙的緣故，過幾天就會好轉。你有的是耐心，缺的只是他的回應。這是你所能想到，最合理的解釋，但你卻忘了，愛情從

105　　　　　　　　　　　　耐心，不是治療他傷口的解藥

來都不講究邏輯。

一直到從某個人嘴裡傳來：「他跟她復合了。」你才驚覺，你的最合理，其實只是架構在自己的想像當中，而愛情的出乎意料、措手不及，也都是架構在合理上頭。跟著你也才明白，原來自己無法擁有的不只是「女朋友」的稱號，而是「追根究柢」的權力。你跟他，你從來沒有立場過問，就像是他的無故消失，也同時讓你沒有了角色可以立足。

原來，是自己把好耐心變成了一種耐力賽，你們之間需要最多的不是不急躁，而是忍受力。自始至終，你以為在跟自己比賽的是時間，沒想到其實是他。你終於這樣理解。

但其實你並不難過，而是灰心的感受大於悲傷。你忍不住沮喪了起來，

原來自己每天的問候，比不上她深夜的一則簡訊；原來自己每天的關懷，比不上她一時的脆弱。終於，你才記了起來，原來一直以來你們聊天的話題都圍繞著她。你早就知道，愛情從來都不是努力就行，不像考試只要用功念書就有拿高分的機會，愛情，從來都不是公平的。你很清楚知道這件事，只是沒想到自己會敗得這麼徹底。

原來、原來，一直以來，你都在他的決定之外。你以為自己的溫柔陪伴終會有收穫，但從沒想到，他真的只把你當個陪伴。

最後你終於懂了，雖然愛情的確需要耐心，因為兩個人不同，所以需要時間去溝通協調，再齊步向前，這是一種學習的過程，最後會累積成一種堅韌。但這指的是兩個人已經在一起的時候，如果還是一個人，則要多留點時間給自己。而他心裡的難關，過不過得去其實要靠的不一個誰，而是他自己。

耐心，不是治療他傷口的解藥

不是誰有本事讓他的傷口痊癒，而是他願意讓誰成為它的藥方。最後你更這樣體悟到。

最後的最後，你知道耐心還是好的，但要放在對的地方才是好。也就像是感情，要愛對了人，才會好。至少你要努力不讓他的舊疤痕，變成是自己身上的新創傷，你要這樣提醒自己。

想念了，就去散長長的步；

傷心了，就給自己一個深深的擁抱；

疲倦了，就停下來把視線擺在最遠的地方；

無話可說了，就安安靜靜跟自己相處。

一個人、兩個人都是一種狀態，

開心就笑、難過就哭，日子仍是很有滋味，

一個人也要好好的。

一個人，依然可以好好的。

3

剛剛好的・寂寞

你不能要求別人給你愛，

但卻希望自己給得起，

並在別人給予的時候接受。

這是你對自己的期望，不是對別人的。

甜剛剛好、寂寞也要剛剛好，這樣，愛情就會很好

一個男人的告白：「兩個人交往了，並不是指要一直膩在一起，而是，該各自努力的時候加油，該好好相處的時候珍惜。」

常常，愛情最難的並不是「在一起」，而是「在一起之後」。

比較年輕的時候，你談的是很近的戀愛，不只是心要貼近，體溫也是，你們無時無刻都要相處，一有機會就要膩在一起，不擔心溫度過高、只怕沒了溫度。那時候時間對你的意義是「你們再經過多少時間就可以見面」，你

們是彼此的時間刻度，很溺、但不膩。這是當時你對愛情的定義，兩個人愛得深淺全由陪伴彼此的時間多寡而決定，愛就是要長相左右。可是最後愛情卻還是失敗了，於是你才明白，原來這只是一種安全慰藉，就因為擔心，所以才要把人綁在身邊，一種眼見為憑。只求心安，不求理得。

也就是那時候你更發現，靠得很近，並不是表示抓得很緊；身體挨得再近，也不說明心在左右。

再稍微長大一點之後，你再談的戀愛剛好相反。你不再追求時時刻刻膩在一起的戀愛，甚至刻意保持距離，並不是不想見，而是你覺得自己已經大到可以再不需要藉由距離遠近來證明什麼。兩個人在一起，只要心夠近就可以，而習慣距離則是一種成熟的象徵。你把不吵不鬧當作一種體貼，只要他好就什麼都好，卻忘了要問自己這樣好不好。

但怎麼他還是走了？你在震驚之餘也才懂了，這其實是一種全盤推翻，你拿過往慘痛的經驗來當作依據，只留下壞的、不留好的，一種矯枉過正。

因為，愛情不只是一人的配合調整，而應該是兩個人的步調一致。太快會叫人跟不上，太慢則被拋下，而這，應該是兩個人一起努力的事。

可是這些，全都是要「在一起之後」才有機會學到的課題。一個人的時候，再怎麼努力都只是設想，這樣比較好、那樣比較對，但這一切都只有在一起了才說得了準。為了一個人，你願意讓步到什麼地方；又為了一段關係，你可以妥協到什麼程度，推翻自己；然後，再從裡面找回已失去的那些，重新定義愛情，找到適合的溫度，最後堅定，這些都是非要親自走一遭之後才能夠去明白體悟。

甜剛剛好、寂寞也要剛剛好，這樣，愛情就會很好

多寡是一個比較性的問題，有點抽象，但兩個人在一起並不是上班授課，不用按表操演，而是應該去找出適合彼此的速度，不勉強、不威脅，取得平衡，一種自然狀態。因為總是靠得太近會看不清楚，但距離遙遠則會看不見，偶爾近、有時遠，才是最好。冷了多穿衣、暖了則輕便，你要試圖找出你們愛情裡的四季規律，然後去愛得好。唯有感覺到幸福了，才是愛最舒適的溫度。

愛情並沒有樣板，沒有怎樣才是最好，別人的愛你無法模仿，但要自己覺得好，才會是好。愛情是，要你們都覺得好，才有可能會好。

很久以後你才終於學會，甜剛剛好、寂寞也要剛剛好，這樣，愛情就會很好。也就像是溫度一樣，太冷身體受不了，太熱也會生病，適當就好，舒服就好。愛情也是這樣。

一直到這一刻才發現，

原來你之所以一個對象換過一個，

並不是因為害怕寂寞。

而是你心中那部分愛的感受一直都沒有被滿足過。

那種安穩、肯定與平和，你都沒有真正擁有過。

不管你遇過多少人、交往過多少人，

也或者是，之後你繼續相遇多少人，

其實始終在尋找的都是一樣的東西。

你不是怕寂寞，而是沒有嘗過不寂寞的滋味。

因為匱乏著，所以騷動著，所以停歇不了。

舊情人的新情人

一個男人的告白：「療傷期要多久？

我覺得是兩手啤酒，或是，要更多的啤酒。」

總有一天，你的舊情人一定會找到新的情人。你很清楚這件事。

甚至應該是說，從你們分手的那一刻起，你就知道這是必然。只不過時間可能久一些，或是快一點；甚至是，可能是你比較快，他比較慢，或者剛好相反過來，如此的差別而已。只是在聽到消息的那一刻，你的心跳還是漏掉了幾拍，不是驚訝，更不是不愉快，而是一種──失落。

他早就不屬於你，你們的生活早就是兩條平行線，原本因為兩人交往而相識的雙方朋友，也都回到了各自的位置，就像是你跟某人借了一樣東西，最後還是要還回去一樣。就連原本一起認識的朋友，也隨著你們戀情的告終而被迫選邊站，你曾經覺得這樣有點好笑，但後來卻發現這樣最保險。或許你無法制止愛情的流逝，但卻可以把損傷降到最低。那時他離開的時候，你就驚覺到一件事，自己不過只是暫時幫某人保管一樣物品，即使握有鑰匙，也不表示自己是主人。

原來自己是別人的愛情保險員，待時間一到，就要物歸原主，他會回到某個人的身邊。

關於你們的分手，你當然還是有點傷心。你很努力、很逞強，你對得起自己，所以對於結束你無愧於心。但傷心卻跟愧疚沒有關係，只要一想起他，

你的心還是空了一塊。你問自己會埋怨他嗎？卻發現自己並不責怪他，因為他有多好、他有多溫柔，你一樣都沒有少過，只是、只是，你留不住他的好，也留不住愛情。有些時候，生命就是會讓人往不同的方向走，生命就是會有些不得不。這無關你的選擇，而是一種必然，後來你懂了這些。你並不是迷信宿命，但卻相信每個人都有各自的人生。

所以你比較埋怨愛情，因為它給了你機會，卻沒有給你永遠。

可是，你的心還是跟著又剝落了一塊。你曾經把自己給了他，即使最後分道揚鑣了，你仍然覺得自己的某些部分，從來都沒拿回來過。他是你的某一部分青春，也是某一些你最專心無二的自己。你懂一旦給了出去就要不回來的道理，但你還是覺得他把你最後留在他那邊的自己，給丟棄了。

你的失落，並不是在於他有了新情人，而是你們唯一的關聯也沒了。

你當然想過要看看他新女友的樣子，但最後還是說服自己放棄。一開始你以為自己只是膽小而已，但後來才發現不是。你在腦海裡試想過幾個情節，最後才懂了，就算真的見到了又如何？你們的人生早就沒有了交集。而且，愛情也不是比賽誰比較好，而是比賽誰比較適合。就像是你跟他，你們都很好，但就是沒有廝守的命。

但唯一可以確定的是，她一定給了他那些自己無法給予的東西。

也或許，其實你並不是他的愛情保管員，而是，剛好相反過來。他是替你未來的那個他，暫時保管你的愛，是他把生命中的一段空出來陪伴你走一段路，然後讓你可以帶著祝福上路，你忍不住這樣想。因為，其實你很替他

舊情人的新情人

感到開心。

一定。

就像是你的舊情人一樣，你相信自己，有天，一定也可以找到新的情人。

復合最難在公平

一個男人的告白：「好馬不吃回頭草？」

但如果已經沒有其他草可以吃了，餓死就連馬都當不成，何況是好馬。

「復合」這件事最弔詭的地方在於，兩個人的愛情其實是建立在「錯誤」上頭。

因為，復合的前提是，兩個人曾經在一起過，然後分手，現在再選擇重新交往。而當初既然會分手，示意的就是兩個人因為某種程度上的理念不合，他把工作擺第一、她覺得感覺淡了、他想要一個人生活，或是她喜歡上

別人了……無論原因為何，都是一種愛情裡的不同步，所以最後才會決定各分東西。也不管過程如何難分難捨、不管結束的方式如何難堪，或是最後某一方心有不甘，所有的總結出來的都是「我們不再是情侶了」的結局。

然後再隨著時間的拉長，經過一些經歷之後，可能是幾次不順遂的約會、一些掏心掏肺卻落得心力交瘁的對待後，你們突然又想起了對方，憶起了對方的好。而當初分手的尷尬與不服氣，都在這些磨難之後有了新的體悟，你們還是覺得對方最好，不然當初不會在一起這麼長的一段時間，於是試圖想要把錯誤修正，重新再開始。所謂的錯誤，並不是對方的不好，而是當時分手的這個「錯誤的決定」。

錯的時間與對的人，你們想，當初兩個人會分開，並不是因為不適合，而是時間點不對所使然，而現在，問題終於已經迎刃而解。錯的時間，終於

變成了對的時間。

　　你們也想，這可能也是時間對你們的一種補償，讓你們在繞了一圈之後，可以重獲彼此再開始。你曾聽說，每個人都應該有第二次的機會，所以你這個回格外珍惜。你們像是新的情侶一般，期盼溫柔，但卻擁有經過時間才會有的熟悉，他的小習慣、他的怪毛病，就連走路喜歡靠左邊的喜好，都沒有改變，你都知道，所以一下就能理解，沒有太多的掙扎，彷彿你們從未分開過似的，你覺得這是一個好預兆。

　　可是，跟著你也才發現，復合雖然勝在兩個人還有以往的感情與熟悉度，可以很快重新適應對方，但同時也敗在你們曾有不同步，也都會跟著一併回來。時間會讓一個人年紀隨之增長，褪去一身的青澀，變得更加成熟，這是一種必然，再多的保養品都無法留住眼神的轉換。但是，卻不表示年紀

125

與心思成正比。時間或許可以幫你調整看事物的角度，但並不能幫你把壞的變好，這點要靠自己的努力才行。

原來，復合最可怕的，並不是兩個人的過去會緊跟著，而是，兩個人都把過去的失敗歸咎到時間上頭，覺得只要關係放到現下的時空裡，一切就可以得到圓滿。

所有的感情，只要真心無欺都是好的，復合也是，愛情無關先後，更沒有絕對。然而，復合最難的其實是「公平心」。你們如何只拿上一次經驗裡的好，而不留壞，然後再把彼此擺到對等位置上頭，不再翻舊帳，不再把過去誰的錯掛在嘴邊，然後覺得對方理當多讓自己一點，這點才是復合的最大考驗。因為不管是什麼樣的戀愛關係，怕的都是計較，一旦開始計較，情分就跟著消失愈快。

復合並沒有誰該擁有特權，一旦決定重新在一起了，就表示自己願意不計前嫌，用心對待，而不是你低我高。因為、因為，愛情從來都是兩個人一起去努力的事，沒有誰多誰少，只有一起的好或不好。

復合最難在公平

常常以為最難忘的，最後卻最容易割捨；

以為只是路過的，卻留下來最久。

我們誰也不知道可以在彼此的生命裡待多久，

只希望在彼此身邊的日子能夠真心相待。

希望當許多年後回想起彼此時，

心頭留下的最多的是溫柔。

沒有結婚的錯

一個男人的告白：「離婚的罪魁禍首是什麼？就是『結婚』。王爾德說的。」

你並不討厭節日，尤其是過年。但是，「沒有結婚」這件事卻讓你必須去討厭它。

甚至可以說你是喜歡過年氣氛的，電視上二十四個小時不斷重播的新年歌曲、清晨吵死人的鞭炮聲，都讓你有了愉悅的感覺。這是一年當中唯一需要大肆慶祝，但卻沒有條件限制的節日。這是屬於家人相聚的日子，即使沒

有戀人相伴，但你還是清楚知道自己同樣擁有過這個節的資格，而不用被排除在外。就算是單身一人，家人永遠都會在你的身邊，為此你感到安心。

然後，有一天，你忘了是二十七歲還是三十歲的時候，在年夜飯的餐桌上爸媽開口的第一句話已經從「年年有餘」，變成了「何時結婚？」。第一次聽到時你有點驚訝，曾幾何時自己原來已經變成了他們眼中的「問題兒童」。於是你開始變得疏遠，待在自己房間的時間也愈來愈長。你一直以為當自己在外面受盡風吹雨打之後，回家就可以安心休息，但才發現還有另一場戰要打。

在你的心裡，家原本應該是一處避風港，但卻一瞬間就變成了避之唯恐不及的地方。

為此，你感到很沮喪。你不會不知道這是一種關心，只是每當他們使的勁愈大，你就愈感覺到不能呼吸。他們不會曉得，其實你比他們更害怕、比他們更心慌。但「沒有結婚」的標籤始終貼在你的身上，就像是沉在水裡憋氣，你說服自己再撐一下，再等一下就可以浮出水面吸氣了。「這是他們的關心」，每回透不過氣來時，你就這樣提醒自己。然後，你開始懷念起過年。以前的年。他們也不會發現，你有多麼想，關心是以另一種形式出現。

情人節、聖誕節、跨年，你都可以找到各式各樣的慶典來度過，或是呼喝幾個朋友聚在一起狂歡，稀釋濃烈的空洞感，但唯有過年不行。過年是和家人的節日，但你從來沒想過，「家人」的定義原來還包含了「另一半」，沒有這個「另一半」連年都不用過。

法律已經規定單身課的稅已經比較重了，但你不知道，沒有結婚竟然會

讓你得跟著支付節日這項利息。

而關於不能結婚，其實對你打擊最大的是，自己竟然變成了劣等生。

你從小就沒讓父母擔過心，雖然成績不是名列前茅，但也沒有拿過紅字；出了社會工作，雖然沒有坐享高薪，但你每年都能替自己安排一趟旅行，信用卡帳單也總是準時繳費，一直是個父母眼中的好孩子。你把自己照顧得很好，但沒想到就因為「沒有結婚」，一切就前功盡棄。樓上的鄰居即使不務正業、無所事事，但就因為已經結婚，還是比你強上一百倍。你的獨立不再是優點，唯有結婚才是上策。你不服氣，但也很氣餒。

你這才驚覺原來自己的人生是數學公式，即使前面積分如何高，但因為沒結婚，最後都得乘上一個零。

可是你不懂的也是，他們一方面把沒有結婚的你列為劣等生，把結婚擺到人生大事的第一順位，但另一方面又叫你不要太挑，遇到好的人就趕緊結吧。他們把結婚說得像是去市場買菜一樣隨意，到頭來，你都不確定他們說的婚姻到底是重不重要？既然是要相處一輩子的人，就應該更要慎重其事不是嗎？你沒有被說服，但卻也沒有反駁的餘地。

因為，你沒有結婚。沒有結婚是一個錯誤，而犯了錯的人沒有被傾聽的資格。

然而，其實你並沒有刻意保持單身，但就是自然而然走到了今天。你也不排斥有人陪伴，只是知道不強求的道理。兩個人在一起需要緣分，以前的你覺得這句話有點好笑，但卻是你現在可以想到的唯一一個理由。對於未來，你還是有很多的不確定，但可以確定的是，如果將來你有幸能與某個人

手牽手，起碼是要發自內心的真心誠意。

你覺得，或許到頭來你還是會讓父母傷心。但是，你更知道，不能因為擔心會讓他們傷心，就讓自己傷心。或許你無法對他們負責，但至少、至少，起碼你可以做到為自己負責，你如此叮嚀自己。

外表，一種愛的務實表現

一個男人的告白：「重視外表很膚淺？

但其實事實是，至少你得到了一樣。這是一種務實表現。」

外表與內在，從來都不是比賽，重點是比重。很後來你才懂了這件事。

你曾經很計較這點，覺得為什麼男人總是膚淺？總是容易被外表所迷惑？你很不服氣，覺得人之所以為人，就是擁有自主思考的能力。但後來你才明白，這原來是一種與世界的對抗，因為你忘了，人之所以為人，也就是因為人並不完美。也因此，人才會追求美的東西，這是一種天性，要背道而

馳，拉扯的只會是自己。

「為什麼愛情需要建構在外表上？」你也曾經覺得這樣很膚淺，但後來你也才懂，這是因為當沒有什麼可以憑藉的時候，人總會抓住唯一可以依循的東西，就像是落水等待救援的人抓住浮木一樣。而在愛情的初始，外表便是最容易辨識的東西。相較於所謂的「好內在」，即便是經過相處都不一定能辨識得出來，人心始終難測，但至少「好看」可以一眼就有所察覺。因此，才會被當成感情指引。

你說，但外表容易崩壞。可是，人的心不也是很善變嗎？你這才懂了男人在想什麼，這是他們的一種務實。

原來這不是一種膚淺，而是愛情的現實面，即使據理力爭，還是無法避

免。而單覺得重視外表很淺薄，才更會被推離愛情一點。

每個人都喜歡美好的東西，你反問自己，其實也一樣。只是喜好的表現形式不同罷了。你喜歡幽默感、喜歡有才氣的男生，對於有著憂鬱眼睛的人更是無法抗拒，說到底，這其實也是一種外顯表現，只是你以為那是一種內心思維。追根究柢，道理都一樣。每個人都有一種迷戀的愛情原型。

差別只在於，只有外表的好看，可以讓戀情加快三個月發芽；而有內心的好看，可以讓感情多維持三個年頭；但真要長久，外表與內心的其中一項都不可以完全欠缺。關鍵不是哪點比較重要，而是比例多少。這也是愛情的現實面。要接受了這點，才能夠在愛面前自得。

人之所以會成長，並不是因為年紀的關係，隨著時間所推移的常常也不

是智慧，而是客戶服務表上所要勾選的年齡欄位而已。也就像是你非要經過一些二人事物，今日才能有這樣的體悟一樣。

讓人長大的不是歲月，而是經歷，以及經歷過了然後有所體悟的心。

就像是你也懂了，美有很多種表現形式，不是只有一種樣式。你可以不必跟別人一樣，但你要用自己的方式漂亮，你要美得像自己，而不是某個誰。你也不必要每個人都覺得你很美，但至少，你要讓你的他覺得美，就夠了。

再說、再說，如果只重視外表是膚淺，那麼與其去試圖讓一個男人不膚淺，不如把力氣拿來讓自己變好，不僅更簡單也更符合效益。這是你的務實。

曾經有人對自己，那麼好

一個男人的告白：「男人天生就喜歡照顧女人，因為那讓我們顯得威風，也包含某種程度的男性尊嚴。但這並不表示，女人可以缺乏照顧自己的能力。」

一個人要先有能力把自己照顧好，以後才會有餘力去看照另一個人。而愛情，應該是建立在這點上頭。

或許是很久之前，久到你已經忘了是從哪邊聽來的，「女人，就應該要被照顧。」你先是不假思索，然後，在某天它內化成了你的思維，成了你後

來的戀愛信仰。你依循著它給的方針去戀愛，過不了這一關的，也進不了你家的門。然後在某天清醒之後，你才看見它的另外一面說的其實是，女人應該要柔弱。原本你以為是占上風的關係，原來不過換了個角度，你就變成了下位。

當然，這不並是說女人非要強悍，說得更多的是，女人不該只有單一的面貌。也就像是愛情一樣，有時需要堅固、有時則要柔軟，這樣才會好。以前的你誤會了，所以才會一路跌跌撞撞，不得其門而入。原來人們說的「應該要」，是指愛上一個人自然就會想要對他好，而不是一種必須，縱然方向一樣，但出發點不同，表現應對就會跟著不一樣，接收到的人感受也會不一樣。而這也是很久之後你才有的體悟。

當時的你總覺得好不重要，因為那是基本，不該是拿來作為評斷的依

據。但現在的你，則必須承認，有時候連想要被好好對待都很難。

也因此，你總埋怨著沒遇到好的人，但事過境遷之後你才明白，當時出現的人其實都很好，只是自己沒跟上他們的腳步。你也害怕，以後再也不會有人比他們好；而在這之中最叫你傷心的是，當你意識到這些的時候，已經都是錯過。原來，曾經有人對你這麼好。跟著你也才驚覺，自己並不是沒有遇過好的人，只是當時的你看不見他的好。原來，好跟夢想一樣，都需要被認同了，才會成真。

而那時你所認為的好，其實也只是一種變相的需要被人照顧的代名詞。你所評斷的所有關於愛的標準，都是建立在性別上頭，而不是愛的上面。可是，愛情並不是靠誰來拯救誰；相戀，也不是一種報恩，因為他對你好，所以你才要對他好。

　　　　　　　　曾經有人對自己，那麼好

以前的你，總希望有個人來讓自己過得好，但愛情從來都不是誰讓誰好，而是讓兩個好的人，再變得更好。你終於明白了。

最後你也才懂，原來，所謂的「因為你的出現，我的生命才變得圓滿」，指的並不是另一個人來完整了自己原本支離破碎的人生；而是，因為他的出現，你原本就有的美好生活，有了更不一樣的體會與認知，那種更豐盛的感受，一種往上的姿態。你猜或許自己的愛情資質並不好，才會繞了一大圈才領悟這些道理；但你也這樣去想，或許現在領悟還不遲，你努力先讓自己過得好，然後期許有天有能力去照顧人。

曾經有人對自己那麼好，你希望自己可以牢記這些好的感受，以後可以去珍視別人對自己的好，然後，有朝一日可以留住那些好。

愛情沒有誰先愛誰，只有幸福與不幸福

一個男人的告白：「女追男隔層紗？紗也有好紗跟壞紗的差別，要是真的不喜歡，即使把紗拿掉也追不到啊。」

什麼「愛情誰先開口誰就輸了」，但真實狀況卻常常都只是，不開口只會換來輸的結果，連贏的機會都沒有。

但以前的你並不是這樣想，你聽過太多的告誡：女生不能主動，否則男生會嚇跑；女生要矜持，不然男生會覺得你輕佻；女生不能先告白，否則男生會不珍惜……前人的規勸一定有他們的道理，因此你謹記在心，貫徹實

踐。即便是遇到了心儀的對象，你仍謹守本分，跟著在無數的夜裡輾轉失眠，但就是沒有想過把這三力氣拿來傳達給對方。你被教導得太好，連先示意的可能性都沒有思考過。只是，當時你的不假思索、照單全收，在後來並沒有幫助你談成一段戀愛。

因此，當他在你的面前牽起另一個人的手時，當下你才懂了，原來比起「誰先開口就輸了」，敗得更慘的是「沒開口卻還是輸了」。若先開口的結果最後仍是打了場敗仗，至少還能心服口服、清清楚楚；但要是連表達的機會都沒有，卻還是輸了，只會落得一場不明不白，連喊冤的理由都找不著。愛情要願賭服輸，你當然明白，可是沒參加賭局卻還賠上傷心，只會換得不甘不願，不知道要誰來償還。

人會隨著時間推移進化，愛情方式也是這樣。就像是區隔主動與被動

的，不應該是性別，而是勇氣才對。有能力的多給予一些，愛情就是這樣。

跟著你也才這樣體悟到。

愛情也理當是，若一方先開口了，另一方也應允了，至此就是公平對待。

沒有誰上誰下、誰高誰低，不是先請求的就是一種理虧，就注定非要多一點

付出。所有的愛情都是建立在對等關係上，就算是有所讓步，也不應該是一

種卑微。姿態的高低，不是建立在誰先說愛誰上頭，而是因為愛所衍生出來

的包容與理解，這樣才是對的戀愛。

而先示好也並不丟臉，死纏爛打才是，以前的你一直誤會了。若是多一

點點的努力，就可以換得愛的機率，就很值得去嘗試。

所有的愛情到了最後，都非得要親身經歷過一遭，才能從裡面獲得一些

愛情沒有誰先愛誰，只有幸福與不幸福

什麼，不管是好的、壞的，或是最終傷人的，這都是獨身一人時所無法去體會感受的。愛情模擬不來，你只能靠自己去碰撞，然後理出屬於自己的心得。

也就像是，若一個男人因為你先開口就因此而不珍惜你的話，那其實只是表示了，你們對於愛的理解並不相同，這樣的對象也不該是你的最佳人選。

到了最後，終於你也才了解到，如果愛情有所謂的輸贏，比的不是誰先愛誰，而是愛成真了或沒有，先求有，才有資格說以後。在愛裡先後並不是關鍵，重點是去愛了，然後談了一場好戀愛，跟著幸福了，才最重要。

距離從來都不是最大的考驗，沒有心了，才是

一個男人的告白：「當男人因為距離而說：『希望你等我。』時，其實後面還有一半沒說完，就是：『等我找到另一人陪伴了，你再離開。』」

讓一段遠距離戀愛結束的，從來都不是里程數，而是，脆弱。

很後來你才發現，原來「距離」是一個抽象的名詞。它可以用數字來表示長短，幾公里或是幾公尺；也可以用時間來說明距離，幾小時或是幾分鐘，它們描述的都是兩個人相隔的遠近。然而，距離的長跟短，卻會因為每個人的定義不同，而跟著就有了不同的意義。就像是，有的人覺得兩小時的

車程甘之如飴，有的人卻連十五分鐘的腳程仍嫌遠，無法去計較。距離，其實是一種自由心證。

也就像是，天天生活在一個屋簷下的人，同樣無法保證可以廝守終老一樣。因為，愛情本來就不是商品檢測表，每一項都合格就表示會持續熱銷。愛情從來都沒辦法有品質保證，也沒有保固期限。更因為，每個愛情會有自己的樣貌，而在大多數的時候，愛情都只是兩個人的事。而距離的意義也不在於地圖上的比例尺，你曾經談過挨得很近，但心卻很遠的戀愛，所以很懂。

距離可以計量，但心卻永遠難測。或許距離無法被超越，但你只求心不會因此被磨損絲毫。

你當然明白，人在有時就是很難堅強，尤其是當距離加上了時間之後，

寂寞來襲，所有的堅強都會變成脆弱。就像是因為低溫而結凍的玻璃，看似堅硬，但其實不堪一擊。那些「因為我最需要你的時候，你不在身邊」、「因為我觸摸不到你，但她在我身邊」、「因為我需要的是有溫度的擁抱，而不是冰冷的電話」的言語，你被告誡過不下數百次，也都從別人的經驗聽到了教訓。甚至你也看過無數個這樣的例子，在在都驗證了遠距離戀愛的下場難堪，所以更知道它的難處。

因為愛情本來就不容易，加上了距離就更難，而要是再乘上時間，就更加不簡單。然而，同樣你卻也聽過一些人，兩個人克服難關仍然廝守。跟著你才驚覺，距離並不會削減了一個人的愛，削減的只有意志力，而先放棄的人，只不過是把原本的愛給了另一個人，如此而已。

原來，距離拉得愈長並不是示意著與脆弱的等幅度，而是考驗著，兩個

　距離從來都不是最大的考驗，沒有心了，才是

人的堅定程度。

於是你終於理解，人離得再遠，並不會拉開感情，只有心先走遠了，愛才會崩塌。而在面對「距離」這道無法克服的課題，你只希望自己不要先投降，或許最終結果仍會是一樣，但卻會因為過程不同，跟著讓你的心情變得不同。你不要自己是一個輕易放棄的人，你會被這樣對待過，所以更期許自己不要變成那樣的人。愛情不可以是便宜行事的結果，只挑簡單的去做，因為多廉價買來的就有多容易毀壞。

因為你更知道，在愛情裡面，距離其實不是最大的考驗，沒有心了，才是。所以，你不要在兩個人還有愛的時候，就先不要了愛。你要試圖去克服這道難題，每段愛情都會有自己的課題，然後再期許自己還要繼續去愛，一直到不能再愛，才為止。

一個人要先開心，兩個人才有可能會銘心

一個男人的告白：「你知道蛋糕上面都會裝點的花樣，對吧？像是草莓。它們都是用來搭配蛋糕本身的，愛情也是這樣，你不能把愛情拿來當生命的全部。」

一個人不能依賴另一個人的給予來得到快樂，這樣太不自然了，而且，也太不保險了。

終於，在連電話也轉了語音，按下了「停止通話」鍵之後，你這樣想著：「之後他會怎麼說呢？」「剛剛收訊不好」，很好；「我沒接到你的來電」，很

好：「手機擺在包包裡，沒聽到」，這樣也很好。這些理由或許都是真的，但更確定的是，無論如何都記得要開心，你這樣提醒著自己。

這是你從前面幾段戀情總結出來的心得。如果說，之前瀕臨發狂的經歷有帶給你一些什麼的話，或許就是這件事。相處裡所有的小細微，其實都是一把小刀，每不開心一回，就往心上劃上一刀，一直要到最後遍體鱗傷了，才會發現再回不了頭，就連後悔都來不及。

那些你曾經以為天會塌下來的事情，在失去了之後，才發現原來都只是無關緊要的小事罷了。所以，你才開始學著不把刀拿在手上，不再用尖銳的方式去處理兩個人的關係，因為這樣不僅傷人，且不利己。

愛情裡常常是非難分，爭理、爭理，爭到最後不見的都是裡子，更何況

不是黑白分明的模糊地帶，面紅耳赤並不是一種戀愛的方式。再者，愛情更沒有所謂的輸贏。

　　愛情是兩個人的，兩個人一起過日子、一起往前，但卻並不表示自己要依附著對方。所謂的「我們」，仍舊是複數，你們可以一起生活，但不是只能去過其中一個人的生活。你可以將對方的悲喜感同身受，但卻不用再當作是唯一的依歸。就像是找不到他的人，你的世界仍舊要繼續運作，你還是可以擁有屬於自己的開心。

　　一個人要先開心，兩個人才有可能會銘心。這是愛情裡很難的功課，你們有各自的生活，但卻不跟兩個人的生活起衝突，在一起的時候很好，但各自也能過得好。

　　　　　　　一個人要先開心，兩個人才有可能會銘心

這點很難做到，你當然知道。要是簡單，你也不會之前敗仗了這麼多次。

也不是那麼容易就可以學會，甚至說，一輩子都不可能學得會，愛情就是難在它的可變性，但也就是珍貴在它的獨特性。所以你只能努力去讓自己做得更好一些，而這一點，或許就是愛情成敗的關鍵。

相愛最重要的功課是包容，然後記得溫柔。而這裡頭就包含了挑選，什麼是該在意的、什麼又是不該責備的，一種關於愛裡頭的去蕪存菁，把鋒利的磨平，讓兩個人可以一起過得更好。至少你努力讓自己可以先做到。

就像是你也知道，你不能要求別人給你愛，但卻希望自己給得起，並在別人給予的時候接受。這是你對自己的期望，不是對別人的。

每一次的相戀，都是一場命中注定

一個男人的告白：「誰是我的真命天女？現在在我身邊這個就是。每一個都是我的真愛。」

在看到電視新聞裡一個誰為了誰玉石俱焚的畫面後，那瞬間猶如當頭棒喝，你終於懂了，最可怕的愛情並不是誰不要了你，而是你覺得這輩子再也不會有人來愛你。

原來你也曾是那樣的自己。因為別人不要你，所以你也不要自己；因為別人辜負了現在的你，所以你就辜負未來的自己。更因為眼前無計可施，因

而才用激烈的手段來留住他，愚蠢也罷、被嘲笑也沒關係，只要他還在就好。你不作他想，你的愛情是他，如果他走了，愛就從此不再。你用他的離開來說明自己與幸福的關聯。

一直到此時回想起來，才終於覺得有一點可笑。當時的你以為再也離不開一段傷心的戀情，但沒想到最後卻也是因為傷心救了你。因為在很多時候，人之所以不肯鬆手是因為不甘心，因而還能忍著，因而無法罷休，所以怎樣也聽不進去別人的勸。要一直到某天痛到受不了了，就像是滾燙的水澆在手上，才能放手、才終於能甘願。這是一種犯賤，但更多時候卻也是一種不得不的經歷，知道痛了，才學會鬆手，才學會在往後的日子不過了頭。

因此，跟著你才懂了，原來當時所謂的「沒有他，你就活不下去」其實不過也只是自找實都只是自己的不想活。就像是你當時的無路可退，其實不過也只是自找

死路。

　　就因為你覺得對方是你的唯一，所以你才會不相信其他幸福的可能性，才會覺得以後再沒有人給得了你幸福。你也會以為這是一種堅貞，後來才發現原來這不過是一種偏執。因為你當初之所以會如此地固執不肯放，在很多時候其實並不是因為他很好，而是，你覺得以後不會有人對自己好。就因為害怕，所以你才把他當成了唯一。你的命定，原來是建立在否定自己上頭。

　　於是你也終於體悟到，其實每一次的相戀都是一場命中注定，因為我們無法預測愛情的降臨，無法掌握在哪個轉角、哪朵白雲下會相遇，然後跟某個誰在一起，它的不可預期，正好就說明了它的獨特性。也就像是，在遇見他以前，你從沒想過會有人對你這麼好，你會愛他到當成此生的唯一，因此，也才會在他離開的時候如此不能自已。

　　　　　　　　　　每一次的相戀，都是一場命中注定

可是愛情常常就是要經過一連串的試煉，從不想活裡活了過來，才能真正聽進去過來人的勸戒。這是必經的過程，很苦，常常也自己覺得熬不過去，但也唯有挺過來了，才能真的知曉其中的滋味。才能明白，在愛裡不能總是卑躬屈膝，挺直腰桿有多重要。也就像是，你學著不再注視自己的欠缺，而是去看自己的擁有，再學著分辨知足與無饜。

今天。

悟，在愛情裡我們很難先知先覺，所以才會覺得後知後覺也很珍貴。就像是總是這樣，我們從別人的身上看到自己，然後再從別人的故事裡獲得醒

因此，今後你終於可以如此去想了，不管是誰在你的身邊，這個人就是唯一，都要把他當成最愛去對待，只要夠努力，就可以少仰賴點運氣。然後有天，你現在的唯一就會變成以後的所依。

一。

你開始學著往後的每次戀愛，把一個誰當成唯一去愛，而不是此生的唯

每一次的相戀，都是一場命中注定

現在喜歡你，不表示以後會一直喜歡；

現在對你無條件的好，也不表示永遠都會讓你予取予求。

就會隨時開始收手，毫無預兆。

但若覺得沒有價值了，

喜歡一個人可以沒有限度，

對一個人好，不該是最後變成對自己的懲罰。

對一個人的好，不是拿來被恣意揮霍的；

不會勉強你收下我的好，

但有日若停止了，也不會有回頭的打算。

愛情沒有新舊之分，只有好壞的差別

一個男人的告白：「好的舊情人唯一輸給新人的只有一件事，那就是『新鮮感』。若可以克服這一點，沒有道理阻止復合。」

在很多時候，伴隨著時間所帶來最多的，並不是自己變得更加聰明勇敢，而是，自己看事物的角度不同了。

於是，事情才有了轉圜，情節才得以延續，故事才能未完待續。因為愛情是兩個人的，當初之所以能夠走在一起，就是因為在那個時候的彼此對愛有了共同的理解與想望，所以才能夠相伴、才可以廝守好一段時間。然而，

時間是流動的，之所以最後無法終身，是因為人會隨著時間而轉變，常常是一種不得不，或是當發現時，驚覺竟已經走到了這裡。這裡，是一處不小心、不經意，但卻截然不同的境地。所以你們才無法再繼續一起往前走。

而之所以會分開的原因，並不是因為兩個人都不一樣了，常常只是，只有其中一個人變了。因此你們的步伐也從此就不相同了。你覺得他再不是你當初認識的那個人，而他，也因為隨著時間的變化所以對你的理解也跟著不同了。在彼此的眼裡，你們都不一樣了。時間用不相同的方式，在兩個人身上產生了作用，你們，再也不是對方初相識的那個人。

你才懂了，原來在愛情裡追究的不是誰變了，因為原地不動其實也是一種變數。愛情，只求同步，不講不同。

如同路途中偶然相遇的旅人一樣，你們在某一時刻的某一個點，相遇了、點頭微笑了，於是結伴同行。然後，在某一天的某一片刻，再用相同的理由分開。就像是走到了岔路，他決定往東，你則想要向西，所以你們揮手，但也因為傷心，所以不道再見。原來愛情有時間性，你終於這樣體悟到。但終究你還是明白的，你們並非誰真的對不起了誰，也沒有難以磨平的歧見，並沒有堅固難摧的怨懟，更不是沒有愛，只是你們都用各自的方式選擇了愛情走向，如此而已。

離開之後，你開始一人生活，學著從過去的經驗中找尋答案與出口，然後努力讓自己過得好。再然後，你又再遇見了某個誰，談了戀愛，一起生活，可到了最後仍然無疾而終。每一次的失戀你都傷心欲絕，愛情並不會愈挫愈勇，只會把心愈磨愈脆弱，連勇氣都跟著一併繳回。然後，他又出現了，你的舊情人。

　　　　　　　愛情沒有新舊之分，只有好壞的差別

你們聊天、散步、相視而笑，你發現默契都還在，當初讓彼此喜歡上的特質也都在，你們又相視而笑，最後再猶豫要不要牽手。你幾乎要忘了非放手不可的理由是什麼。你努力去思索那個時候的難題，跟著也驚覺了，那一些碰撞堅持，原來不過都只是小事，然而這些都是要走過一遭才會明白。這是時間的魔力，它讓不重要的變得荒謬，把不小心忽略的變成珍視。

於是你也才發現，那些當初時間給予的難題，現在也因為時間得到了解決。你們又開始齊步了，就像是當初一樣。

最後你會這樣想，或許是，你們第一次的相戀，只是一種預演，讓你們先熟悉彼此，然後分開，再各自去學習，目的就是要變得更好。而這一切，指向的都是再一次的相遇，這就是之前之所以會分開的原因。而分開後所學到的終於派上了用場，這次，才是屬於你們真正的戀愛的開端。

當然，人還是會一直轉變，只是也就跟青春期一樣，隨著歲月推移，人都會慢慢發展出自己的樣子，然後變動就會跟著變少了。

最終是，愛情並沒有新舊之分，只有好壞的差別。而他，是你的很新的舊情人，你們也開始準備去談一場，很年輕的老愛情。然後看看這次，是否會不小心就走成了永遠。

4

我們．都會好的．

在復原前，你要努力擁抱住自己，
不讓自己再受更多的傷，
因為在有些時候，維持現狀不繼續惡化，
就是一種痊癒的方式。

都會過去的

一個男人的告白：「人常常很固執，所以才要學會不跟時間對抗。

再巨大的東西，擺到光陰面前都是渺小，順勢而為，

硬碰硬對自己沒好處，例如『遺忘』。該忘的，就不要強留住。」

給捲走。你被困在回憶與無法抵達的未來中間，動彈不得。

在那一段時間裡，只要一想起他，你就會看見海浪迎面襲來，跟著把你

他離開的那一天，就像是海嘯來襲，轟隆轟隆地滿天巨響，浪濤一波波

侵襲，耳鳴、目盲、刺痛，你無法反應，手上仍抓著乾爽柔軟的毛巾來不及

使用，跟著就給淹沒。不只是周遭的一切，就連你也差點就被帶走，滿目瘡痍，突然之間你的世界一片荒蕪。那些費盡心力打造出來的王國，剎那就毀壞，那一瞬間你就明白了，原來沒有什麼是恆久不壞的。再堅固的東西，其實都要比想像中來得脆弱。

也就是從那一刻起，你的日子從此風雨飄搖。你曾經以為自己倖存了下來，但後來才發現真的只是僥倖，你從來都沒有真的好起來，海嘯也從未曾過去，所以才會一遍又一遍地被侵襲。那條毛巾始終都在你的手上，緊緊抓著。

「活著，才有機會可以看見新的風景。」朋友最常這樣告誡你，你聽過數百回類似的話語，但卻從來沒有真的得到安慰：「都會過去的。」朋友也會這樣說，但再沒有其他指引，沒有任何一個詞彙可以給予你明確的方向。

你清楚知道他們都是立意良善、都是真心想要幫忙，但他們愈是安慰，你卻反而愈是憤怒。你的憤怒來自於，這樣的話語其實都像是否定，都在說著你的不夠努力，所以才會一蹶不振。他們的安慰到了你的耳裡都成了一次次的指責，來回刮著你的傷口，即便你知道這樣想只是自己的偏執，但也因此你才會加倍憤怒。

而在這所有之中，你的憤怒更是，你氣自己為什麼好不起來？為什麼還要為一個離開自己的人悶悶不樂、蹉跎自己？你最生氣的，其實是這件事。你也在指責自己。

跟著你終於懂了，處在黑暗裡的人是看不見任何東西的，因為沒有光線，所以唯一看得見的東西就是成片的黑，然後，冷不防回憶就會從暗處冒出來。你的生活豈只是災難片，也是一部靈異片，無法預期、滿懷恐懼。也

都會過去的

所以你才會聽不進去任何的勸。

一直到過了很久之後你才能體悟，原來「都會過去的。」其實並不單是一句安慰的話，更是事實的陳述，就像是當初打散你們的海浪一樣，終會趨於平靜。而其中最大的差別只是自己何時鬆手。要確定一個人不是自己的未來是件痛苦的事，可是常常就是非得經過這樣的椎心蝕骨，才能夠甘心收拾往事、才能承認所謂的深刻都已經被撫平，然後才可以去擁抱另一個未來。

都會過去的。或許時間會久一點，但總有一日，受傷的浪潮終會退去，只是在那之前，需要先用點耐心等待。在復原前，你要努力擁抱住自己，不讓自己再受更多的傷，因為在有些時候，維持現狀不繼續惡化，就是一種痊癒的方式。即便不是那麼積極，但至少能有點進展。

把「都會過去的」變成是對自己的一種祝禱、一種期待，然後，等待著天空放晴來臨，在一個無風無雨的日子花點心力重建自己。不只是身體康復，更是心理的健康，然後有朝一日再去給予另一個人健康的愛。

都會過去的

「因為我們是大人了。」

因為我們是大人，
所以難過時，不可以掉眼淚；
在受傷時，不可以喊疼；
心碎的時候，還要微笑。

因為我們是大人，所以我們必須要堅強。

就因為我們是大人了，
所以，才會對你說：「祝你跟他可以幸福。」

因為我是大人，

所以才會在還愛著你的時候，

讓你走、還給你祝福。

才會把你的幸福看得比自己的重要。

因為你，我變成了大人。

哀傷的，大人。

吵架之前，你先學會和好

一個男人的告白：「男人少數比女人強的地方就是力氣，因此，我們習慣靠爭吵來奪回優勢。」

吵架的人是沒有耳朵的。在某一個爭吵的瞬間，你摀住耳朵抵擋住聲音，不過就一個不經意的動作，突然你就明白了「吵架」與「溝通」的差別。

原來，吵架和溝通最大的不同並非來自音量的大小、詞彙力道或是表情的張力，而是耳朵。前者是兩個人只顧著說出自己的想法，非要對方接受，也不管對方要不要拿，然後，耳朵關了起來；後者則是，兩個人在聽對方說

話，在自己的嘴巴張開來前，先在意的是自己的聲音有沒有傳到對方的心裡。所以，電影才會有那樣的畫面，外面轟聲隆隆、支離破碎，但卻是靜音，那示意的就是吵架。

也就像是愛情裡的一心多用，講的其實不只是同時愛上好幾個人，而是人類本來就是只能專心的生物。就像是吵架，因為一次只能使用好一個器官，要嘛口、要嘛耳，很難兩全其美，所以要是嘴巴張開了，耳朵能聽到的就不多。原來這是一種人的本能，它要我們只去愛一個人，也只能同時去做一件事。所以，吵架和溝通不同，或許在極少數時候吵架可以是一種溝通，但事實上卻常常是，吵架就只是吵架而已，再沒有其他的了。

吵架，只是一種為自己好，而忘了愛情是兩個人好，才會好。

因為吵架的立基點就是一種否定，要先認為對方是不對的，所以才能夠理也直氣也壯，愈是覺得對方錯，自己的聲音就可以愈大。我們很容易就把音量跟正義畫上等號，然後據理力爭。也太容易就誤以為，吵架是一種對話的形式，以為話只要說了出口，就是一種傳遞，但忘了過量的音波震盪會阻斷迴路，自己的心聲半途就毀壞，對方永遠都接收不了。

吵架向來比的都是誰的聲音大，而不是誰的話最中聽；吵架計較的是誰的口才好，而不是誰話裡的對與錯。所以你才會把耳朵遮住，原來這是一種自保，這是一種動物的求生本能反應。其實你最害怕的是，言語不只刺痛了耳朵，更往心裡去，從此你就再也好不了。因為，吵架從來都不是爭道理，而是比誰先認輸。但溝通不是，溝通比的是誰把對方的話聽進去最多。

你這才懂了，吵架是一場耐力賽，比的是體力；溝通需要的則是耐心，

比誰更有心。

　　吵架，終究只是兩個人將自己的自私說出來，然後希望對方接受而已，從來都不是一種理解。說出來的話，常常都只是為了讓自己好過一點，而不是要讓感情好一點。更不要說那些未經思索的言詞，總是傷身又傷心。因此，吵架從來都不是增進感情的方式，讓感情變好的自始至終都是溝通，都是那些伴隨著爭吵之後，跟著學習而來的體諒與包容。

　　打可以是情、罵可以是愛，但如果學不會療傷，傷口就永遠好不了。就像是吵架，要是學不會和好，吵來的只會是傷心，輸掉的永遠都會是真心。

　　所以你再不打算跟他爭輸贏，在練習吵架之前，你想把和好先學好。

　　　　　　　　　　　　　吵架之前，你先學會和好

愛情是汽水與水，
汽水是「想要」，水是「需要」

一個男人的告白：「灰姑娘跟白雪公主要選哪一個？

當然是白雪公主，因為她有一座城堡。」

原來，不只人會長大，愛情也是。而王子也是，總有一天要離開白馬。

年紀小的時候，「白馬王子」是一種具象的描述：高大、英挺、多金……你可以用上百個詞彙來建構出自己所想望的典型，你的要求看似很多，但卻談了一場又一場不成調的戀愛；年紀稍長之後，「白馬王子」則變成是抽象的描述：溫柔、孝順、善良……你用的詞彙變不多，條件也比以前還要少，

但不知怎麼愛情卻變得更難。

以前的你追求新鮮刺激，你的理想典型都有個樣板，然後追著它跑，就像是螞蟻只要一嗅到甜味就靠近，但嘗完之後卻發現只換來幾百卡的熱量，因此才會即使得來了，也容易失敗。而年輕的你也不怕碰撞，所以只要有一點希望就足夠讓你奮不顧身；但現在的你，則是把前幾段感情學來的拿來當作判斷基準。跌撞了幾次之後，你才開始把現實納進來，你不覺得這是一種跟現實的妥協，因為愛情一直都包含現實面，本來就是無法切割來看。

愛情是一種經歷，會磨掉自己的不滿足，然後萃取出珍惜，還有善待自己的方式。

也就像是，年輕的時候，你不知道自己需要什麼，但卻說得出自己想要

什麼；長大之後，你清楚了自己對愛情的想望，卻反而無法具體描述出它們是什麼。後來的你才明白，原來這是一種愛情的轉換，不言而喻，不用說明，但其實自己都明白。因為在歷經過幾趟愛情的磨練後，你慢慢也懂了，每一回的戀愛都是一次的洗滌，會一層一層汰換、剝掉自己對愛的不切實際，最後留下本質。而每次的心碎也都叫你正視自己，而不只是單單凝視對方。

但其實你的白馬王子一直都是同樣的典型，那些被汰換掉的，原來都只是自己的天真而已。因為白馬王子說的是一種「需要」，而不是「想要」，如同愛情，到頭來你發現自己盼的是「適合的人」，而不是「設定好的人」。以前的你，只管什麼是自己喜歡的；而現在，你則學會去看，什麼才是自己最需要。一種愛的長大成人，你發現自己的王子不需要白馬。

原來、原來，愛情就像是汽水與水，汽水是「想要」，水是「需要」。走

了這麼多趟，就是為了讓你搞清楚這件事。

糖分是一種誘惑，每個人都無法抗拒，但隨著年紀增長你真正有了選擇的能力，而那些失敗的愛情都是來幫助你學會這件事。你學會什麼才是對自己好的？什麼又是對自己不好的？然後可以抗拒。就像是汽水與水，甜味或許讓人喜歡，但真的能賴以維生的，還是得靠水才行。而你的白馬王子也是如此，不用華麗炫耀，但卻要真心無二。

你已經過了追逐人工甜味的階段，可以分辨好壞，現在只想要好好生活、好好對待自己，然後，好好地相愛。

現在的你，站在愛情面前，再問自己「想不想要」之前，先問自己「需不需要」。

愛情是汽水與水，汽水是「想要」，水是「需要」

愛與被愛都好，只要幸福了，就很好

一個男人的告白：「愛人是一種運氣，被愛則是一種福氣。

因為，能夠找到所愛是多麼幸運的事，

而能有個人願意對自己付出，多麼不容易。」

原來，會跟隨著時間變化的，不只是人的外表面貌以及看待事物的角

度，還有，愛情。

這並不是說愛情抵擋不過時間，因為所有的事情本來就都包含了時間，

會隨之轉化流轉，然後變成另一種樣子，不管你要不要、想不想，都是一種

必然，沒有人躲得開、逃得過。想要把時間完全隔絕在外，才是一種天真。

當然，這也不是在說所有的一切終會變壞，而是不被時間拖著走的方法並不是去逃避，應該是一起前進。試圖把那些可能是不好的，變成是一種收穫，才是與時間抗衡的方法。

你之所以深刻體悟到這件事，是當自己開始選擇「被愛多一點」的時候。

剛開始戀愛的時候，體力很好、耐力也夠，你有的是愛，無處宣洩，所以只想給，也不怕給。那時候的愛情是建立在無條件的付出上頭，這並非是你不需要回報，而是你覺得自己可以不顧一切地去給予。你的愛，是一種對自己的不聞不問，只管看著對方，期望對方的一點回應就足夠餵養你，很知足。

再後來，談過幾次未果的戀愛之後，你才發現，原來即使用盡全力也不一定能夠保障愛情，當時你也才明白了原來「愛是一種付出」是假的，心碎

才是真的。而且，很疼，痛到你一度以為自己再也無法痊癒。所以碰撞過幾次之後，你終於開始退而求其次。你選擇「被愛多一點」，因為如此一來，即便最後還是弄碎了愛情，至少你還可以保全自己，你這樣想。一種愛的妥協。

可是，能如願的就不叫愛情，愛情從來都是一連串的經歷與統整，也就像是愛人一樣，被愛其實只是另一個人的愛人，本質上都相同，無法保證些什麼。

所以，你還是心碎了。也就是這時候你才體悟到，沒有一種破碎的愛會叫人不傷心，只要是真的愛了誰，都會神傷。於是你把建構起來的又給推翻，在愛人與被愛之間拉扯，如此反覆。你曾聽人說過，「被愛是幸福，愛人是痛苦」，但真的經歷過你才懂，原來，痛苦也可以是一種形式的幸福；被深愛也不一定是可以圓滿。

因為愛情是一種總結出來的感受，你在裡頭所做的一切都是為了獲得一種歡欣，一種發自心深處的滿足，不張揚、不炫耀，不言而喻的一種幸福。

而付出愈多，則會讓人感覺愈投入，愛情的感受也會更加強烈；相反地，接受得愈多，也容易讓人變得被動。

你當然也知道，最理想的愛情是愛與被愛的比例一樣，但完美可遇不可求，真要勉強去得到往往只會落得心力交瘁，而愛情，其實從來都不管誰多誰少，講的都是你來我往，一種關於愛的互動。可是這些事，都非要走過一遭才能夠體會、真心接受，這就是時間之於愛情的意義。

最終時間教會你的是，不管被愛或是愛人，愛情不分形式，感覺幸福了，才是唯一的指標。

　　　　　　愛與被愛都好，只要幸福了，就很好

關於愛，常常我們都會裝懂，

但其實在大多數時候都不懂，

但卻一直想要搞懂。

想要搞懂對方的心，

想要確認對方說的每句話，

但卻從來沒有要試著弄清楚自己的心。

也常常拿對方的心來跟自己談戀愛，

但卻不是拿自己的心去跟對方說話。

我們都希望愛情不要受委屈，

但在這之前，也請不要委屈自己。

已經委屈的自己，愛情怎麼挺得起腰桿。

全世界只要一個他的愛慕，就足夠

一個男人的告白：「男人當然都是外貌協會，其實女人也是，喜歡美的事物是人的天性。但是，每個人的品味喜好則會有差異。」

有人嫉妒你的愛情其實是一件好事，因為那是一種羨慕，表示你的愛情真實存在，因為人不會跟想像計較，所以，你不能被無形的流言蜚語打敗。

「他們怎麼會在一起？」「他的另一半長這樣？」「她怎麼配得上他？」「他怎麼會喜歡她？」……這些疑問句總結起來，結論都是「她怎麼配得上他？」你聽過太多次這樣的話，有好長一段時間，你以為自己已經能夠淡然釋懷，但每每聽到怎麼心

都還是感覺像是被針刺了一下，你會縮起肩背，眉頭就皺了起來。跟著，這些言語都會再延伸出「這一定是真愛」這樣的申論。

你被這樣的話傷過很多次，你曾經以為兩個人在一起，是要花最大的力氣去經營關係，互相磨合調整，但沒想到你最大的力量卻是拿來抵擋外面的蜚短流長。但在真的經歷過一遭後，你才明白，那些近乎嘲笑的詆毀，不過都只是用來幫你釐清自己，然後更去努力。因為，所有的愛情都是兩個人在談，但怎麼只要有人說話自己就會被干擾動搖，你以前就懂的事，現在因為這些話才終於又記了起來。

那些惡意的詞彙，原來作用都不是來往你身上扎，而是讓你剝掉自己的脆弱，變得堅定。就因為他們的那些話，你才學到這些。

然後，你才又想到，真愛？每個在愛裡打滾的人，追求的不都是真愛嗎？原來他們的惡語其實是一句最衷心的讚美。只是少了祝福。但祝福從來都不是愛裡的必須，真心才是，為此，你要先慶幸自己已經擁有了。

或許，你沒有一般人認定的理想外型，但如果長相真的是戀愛裡最重要指標，怎麼一堆面貌姣好的女星仍舊孤家寡人？如果身材真的是兩個人關係裡最大的考量，怎麼還有那麼多S型曲線名模結了婚又離？外型，或許會影響了愛情，但真的能夠走得久，則跟契合度比較有關。沒一個人能是完美，你不用讓全世界覺得你很美，但只要在他眼中你最美就好。

因為、因為，美醜是一種主觀。沒有人可以規定你怎麼樣才稱得上是美，黃金比例只能量出腰到腳底的距離，但卻無法測出兩顆心的遠近。

全世界只要一個他的愛慕，就足夠

當然，你也會羨慕那些幾近稱得上是完美的身材長相，也試著努力要去變成那樣。追求更好是一種上進，你可以努力去變成另一個人的樣子，但前提是你要自己先喜歡，無論變成怎樣，你都要認同自己才行，而不單單只是去變成別人喜歡的樣子，這也是你很後來才體悟到的事。

衛生署公布的體重數字只能標示出一個人健康與否，而不是美醜的度量方式。你不必去試著想要討好所有人，只要專心討好自己的愛就可以。就像是，你不必所有的人都認同你們的愛，但一定要自己先同意了才行。

最後你才懂了，會愛上一個人，都是因為他的優點，但每個人的優點都不相同，你不需要全世界的眼光，只要有你的他能夠愛慕，就足夠。

愛情的終點不是婚姻，是從此而後的幸福

一個男人的告白：「除了可以合法擁有孩子之外，其實我不懂為什麼女人都很想要結婚？因為結婚是她要搬進另一個家庭，而不再是只是照顧我。」

不、不是的，愛情的終點不應該是結婚，而是從此以後的幸福。婚禮可以是一種通往的方式，但並不是一種規範，你終於明白了這件事。

我們從小就被教導走路要靠右邊，因此從來都沒有去思考過走左邊的可能性，靠右走是一種約定俗成，維持的是一種社會秩序，一種大眾便利。但

是，結婚並不是一種秩序，更不會是一種通往幸福的快速捷徑。就像是第一次到日本後，你才發現，原來他們開車是靠左邊一樣，那時候你才驚覺到原來自己可以擁有其他的選擇權。配偶欄是否要填上誰的名字這件事也是一樣。

女人從小就被教導要找個好男人嫁，一生才會幸福，那幾乎是一種信仰，於是，你也不作他想。但長大一點後你才體悟到，原來那其實是一種依附。以前，女人仰賴男人而活，依靠婚姻給予生活保障，從來都不是依循著自己。然而現在，女人早就靠自己讓自己過活，早已經是個獨立的個體，再不需要結婚證書來幫你穩固些什麼。

但是，其實你選擇的並非是不婚，而是一種可預期。婚姻不能承諾些什麼，你早就清楚，但至少在步入禮堂之前，你要自己先有從此而後幸福的預感才行，一種不需要解釋的堅定。在誰來說服你之前，你要先說服自己才行。

也或許就是因為見過許多失敗的例子，也或者是自己親身遭遇過幾次的碎裂的關係，所以才更明白愛情的不可測，才更清楚人心的難以掌握，因此變得無比謹慎小心。也因為失望，所以你更會曾經懷疑過愛情，跟著也就延伸到婚姻來，你擔心最多的並不是婚姻會讓自己的自由受到限制，自始至終讓你最擔心的都只是，會不幸福。所以，你才卻步。

但沒人知道其實你很害怕，你很害怕要是再思考的話，會不會選擇就愈來愈少？你害怕再不選擇，以後就會沒得挑選？你害怕的是，時間在自己身上產生的意義不再是好處，而是那些避之唯恐不及的。所以，你當然也想過要妥協，但跟著才驚覺，自己拿出去交換的竟是一直以來最珍視的愛情。你小心翼翼守護了這麼久，但卻只消一個念頭就差點一文不值。

你才懂了，因為害怕輸給時間，所以你用心去換取了些什麼，原來是自

己把時間變成一種惡魔。這點，更叫你害怕。

然而最終是，你清楚地知道並不需要靠一張證書來保障些什麼，你不是抗拒婚姻，就像愛情一樣，他們都是好的。只是，要遇到對的人，才會好。

因此，你不想貿然結婚，不想因為時間的壓力，就回過頭來對自己施壓，你學著不去跟時間為敵，而是試圖去調整自己的步伐，走出自己的節奏。你想，有一天、如果有那麼一天，你總會步上禮堂，但披上的會是信仰與堅定，而不再是那些未經思索的人生訓誡。

因為，結婚從來都不是一種保障，而是一種信賴。你信任對方可以依靠，你信任對方會對自己好，你信任自己跟他在一起之後，從此都會很好，這才是婚姻。

兩個人的條件很難相同，
但兩顆心的分量卻要相近

．．．

一個男人的告白：「挑選約會對象跟結婚對象的標準是不一樣的，天菜擁有過就好。就像是高熱量的甜點偶爾嚐嚐感覺美味，但吃一輩子有害健康。」

菜，是要長在地上的，有土壤養分才能茁壯，所以你猜，天菜就是因為生在天上，缺乏灌溉滋養，才會長成驕傲。一種適應不良的後遺症。

這幾乎是一種附帶，奉承會養出胃口、阿諛會造就淺薄，所以特別叫人

難以親近，而費盡心力靠近了，卻又弄得渾身是傷。你追尋過天菜，然後重摔到地上灰頭土臉，所以才懂了這件事。例如高攀不上，原來天菜遠在天邊的理由其實並不是什麼外貌財富，抓摸不住的從來都是他的心理狀態。那些二伴隨著好條件而來的恃寵而驕。但當時你卻甘之如飴，因為覺得自己如獲至寶，所以不敢怠慢。

先是讓步、然後降低要求，最後再不問是非，你認為這是必須，因為他是天菜，所以不得不。你也不作他想，全心全意，以為自己終於押對寶，沒想到最後一不小心就全盤皆輸。然後還沒清醒，你還在自責，一定是自己不夠好，所以才配不上他，你對自己不聞不問，只要他噓寒問暖；你不把自己擺在心上，只求你在他心上。因為，他是天菜。但你卻忘了，愛情常常都跟配不配無關，而是跟愛不愛比較有關，你誤把愛與配畫上等號，才會一敗塗地。

也就是那時候你才明白，跟天菜在一起最可怕的並不是你的忙於奔波、辛勤討好，而是，自己一開始就把自己擺在下位，再覺得理所當然，於是難以翻身。

就像是上昂貴的餐廳所需要付出的代價一樣，而跟天菜交往所要支付的是一顆夠堅固的心臟。先不論外面的什麼流言蜚語，要心臟夠強壯才能過得了自己這一關，才能夠擁有和諧的關係。因為跟天菜在一起總容易叫人自慚形穢。不健康的愛情，怎麼能冀望白頭偕老。就像是壞的土壤，再怎麼努力耕作，仍舊開不出好的果一樣，你的愛情一開始就立足在劣勢。跟天菜在一起的第一道關卡，就是心的平等，這是愛情的第一個守則，以前你都記得，只是在天菜面前都忘了。

因為，所謂的「門當戶對」原來說的不是外表美醜、存款數字，或是身

　兩個人的條件很難相同，但兩顆心的分量卻要相近

分地位，而是心理狀態。這更是你最終於於體悟到的事。雖然沒有一樣愛情可以是百分之百的公平，所以刻意去追求雙方一致的對待付出，反而是一種折騰，一種耗損愛情的方式。然而，即便兩人在一起很難要求完全的對等的關係，但卻一定要達到某種程度的平衡才行。這樣的平衡無法尺度丈量、難以表格歸類，你唯一能夠依循的只有自己的心。你很難要求兩個人的條件相同，但卻可以做到兩顆心的分量相近。

　　愛情最公平的地方之一就是，它不問貧窮貴賤，只管真心與否。而兩個人在一起就是一種互相，你來我往，所以愛才得以珍貴。當然，一定也有同時擁有好外在與好品德的人存在，只是這樣的人豈止是天菜，而是一種難得。如果說遇見天菜是一種好運，那麼要見到難得則需要福氣，可遇不可求。而你追求的是愛的奇蹟，而不是人的神蹟。

終於，在走過幾遭之後，你才學會不再以外在的好壞當作珍貴，而是追求內在的良善，因為到頭來，這些最難以炫耀誇飾的，往往才是愛情裡的最難能可貴；那些眼睛最見不著的，才是愛情裡的最最實際。

與其苦苦追尋讓人稱羨的天菜，不如擁有一個讓人回味不已的家常菜。

兩個人的條件很難相同，但兩顆心的分量卻要相近

愛情，可貴的是專一，從此你再也不迷信唯一

一個男人的告白：「酒精含有麻醉成分，所以可以使傷口不那麼疼。

但清醒之後，除了心痛之外，還會再加上頭痛，

所以從此我就再也不這麼做了。」

痛，不過是一種活著的證據，但並不能證明愛的存在，在愛中死裡逃生後，你終於可以這樣去想了。

你想起殭屍片裡的情景，毫無生氣、行屍走肉，身體終年都感到冰冷，你覺得自己只是邁開腳步，往前踏得再多，都並不是真的活著。日曆上的數

字代表的僅僅只是你們分離了多少個日子，以及提醒你又是熬過了多少時間，再無其他意義。自他離開以後，你沒有了日夜、也遺失了四季，只有痛的感受。然後，就連呼吸，就連呼吸你都要提醒自己不要忘。你是活屍，活著，但死去，有好長一段時間，你就是以這樣的方式在過著。

甚至你一度以為自己再也活不下去，你每日把最多時間拿去祈禱，第一、希望他回來；第二、或是明天不要來，這是你最大的心願。不是選擇題，比較像是非題。當時你把他當作生命中的唯一，他是你的真命天子，所以才會以為失去他就等於失去所有，但現在的你則覺得有點好笑。你曾在他身上建構起全世界，只要自己願意，有朝一日在另一個人身上一定也可以。愛情或許始於誤會，但你希望至少可以終於醒悟。

因為，愛情裡可貴的是專一，從此你再也不迷信唯一。撐過那些晝夜不

分的日子之後，你終於給凍醒，打著哆嗦伴隨著這樣的體悟。

也因此你才懂了，你之所以沒有他就不想活，並不是因為多愛他，即便你當時多麼堅定地這樣以為，但其實裡面有著更多的是自己對自己的擔心與偏執。也就像是你以為這是捨不得，但包含更多的卻是不甘心。「我為他付出這麼多，他怎麼能夠？」「我對他這麼好，他怎麼可以？」你還在追究，但卻忘了他不僅已經能夠，而且早也已經可以。原來，最殘忍的不是他拋下你，而是你拋棄自己，事過境遷後，你終於可以這樣去思考了。

跟著你也才明白，原來當時自己的傷，其實都是在自己的注視下無止境地擴大，就因為你再無法專心一志地望著他，所以你才凝視著傷口，因為這是他所給你的、是你們僅存的關聯，你不能放，一旦放了就表示真的失去。

更因為，只要傷得愈重、撕裂得愈厲害，他就愈輕易就可以看見。

終於你驚覺到，原來是自己誤把傷痕當作是一種感情的寄託，你用這樣的方式繼續把自己託付給他，然後以為還有關聯，但卻忘了你們早無牽連。就因為你擔心自己今後會是一個人，所以才不管喜悲地要跟著他。

原來，傷痛是不是種紀念，端看它帶給自己什麼、自己又如何去定義它而決定。如果只是傷疤，再沒有其他的，就只是一種負累，而不值得懷念。人會離棄，不由自己，但你卻可以挑選保留與獲得的，然後試著重獲新生。

就像是痛，你不再把它當作是愛，你選擇先齊步再越過，而不只是被拖著走。你學習不只是去習慣痛，而是讓傷口能痊癒。

原來，其實自己很怕分開之後，他過得不好。再次相見之後，你才明白了這件事。

　　愛情，可貴的是專一，從此你再也不迷信唯一

你們的分開並不愉快，他用了讓人難以接受的方式頭也不回地走了，你因而傷得很重，也所以才會那麼長一段時間避不見面，刻意閃躲兩個人共有的回憶，你擔心一碰就疼，一不小心就碎，然後無處可逃。更怕的是，只要再一次就會讓你粉身碎骨，再也好不起來。沒有選擇的選擇，卻是你唯一可以自保的方式。

那段時間，你打從心裡詛咒過他，你用了所有你所知道的最惡毒字眼，在心底、在外人面前狠狠地斥罵他，說他的不是。你也不管理由是否正當、好或不好，但當時的你是靠著這樣的方式才得以生存至今，遍體鱗傷地活了下來。你希望他不好、你要他得到報應，這樣你的愛才足以得到伸張，你的眼淚才有了代價。靠著恨他，你才走到現在，才能夠有辦法像現在一樣再回頭看。只是，當初這麼確鑿的認定，在見到他之後都起了變化。

「希望你能好。」是給自己的祝福

一個男人的告白：「分手後希望對方過得好不好？

都可以，只要不要來煩我就好。」

你們早無關聯，而在你的刻意閃躲中，更不會接收到關於他的一絲一

毫，你防衛得很好、滴水不漏。但如今，他又如當初相識時，同樣一聲不響

地猛然出現在你面前，你先是嚇了一跳，跟著也發現他過得並不好，可心跳

卻也同樣又漏了半拍。

他怎麼會不好？當初他之所以離開，不就是因為他覺得那樣對自己很

好？他不是選擇了用對你殘忍的方式來換回自己的想望嗎？他怎麼可以不好？也就是那時候你才懂了，或許愛情很難長久，但喜悲更是。

愛情裡的風水輪流轉。但你寧可不要自己去相信這是所謂的報應，你只相信正義。只是，你卻感受不到一絲勝利的欣喜。

即便當時負心的人是他，但現在瞥見他眼裡的狼狽，竟沒有一如你所預期地使你心生雀躍，反而是不捨。你當然清楚知道那再不是愛，只是自己曾經用盡全力去愛過的人，多少還是會有點情分，所以現在才會多少覺得自己有所虧欠。你甚至懷疑過，自己的咒罵是否成了真？所以他才會不好。

也就是那時候你才發現，原來自己並不是真的要他不好，而只是希望他對你們的感情表現出一絲的可惜而已。只要一點點的猶豫，不那麼堅決，讓

你知道他也有所不捨，你就足以被安慰。因為如此一來，你就可以證明自己曾經如此被愛過，而不是在談一個人的戀愛。

跟著你也才懂了，原來喜與悲並不是一種互補，也不是加減乘除，沒有他少一點、你就可以多一些，一個人無法用另一個人的悲傷來讓自己感到快樂。只消對方的眉頭一皺，就會跟著擠壓自己的一點喜悅，因為快樂從來都不是一種搶奪，就跟愛情一樣，你只能盡心盡力，而不是使用蠻力。

快樂從來都不是比較級，沒有誰的多、誰的少，只有好或不好。

所以，後來的你希望他可以好，即使你們再不聯絡、也無須透過朋友刻意繞了一大圈去試探彼此，你們不要有任何交集，但你也不要他過得不好。

這並不是說要自己去當一個多麼有氣度的人，愛情裡從來都是小心眼，而

是，他好了，你最後那一絲一毫的牽腸掛肚都可以跟著給讓渡出去。

一開始是他對不起了你，但是，你希望用祝福當作結尾，因為給祝福，收穫的更會是自己，最後你終於懂了這些。

你會試著去想，

這樣的欺騙或許是他的一種善意。

但其實不是這樣的。

在他決定要對你一再說謊的時候，

就再也不是一種善意。

又或者，

你們多年的感情只值這一點點的善意而已。

他的好，已經在過去，

你不必再用它們來安慰自己，

現在你只要開始對自己好，就好。

讓我們互相保護

一個男人的告白：「男人都喜歡保護另一半，

如果他們分得清『保護』跟『占有』的差別的話。」

年輕時的你，談的每場戀愛自己都是公主。

你想要被愛、被寵、被疼，王子會斬火龍來救你；一下雨就有人會主動撐傘，不讓你被淋濕；才開口說想出去玩，就有人規劃好路線。這是你對愛情的定義，那時你最喜歡的字句是：「我會保護你。」你對愛情的想像是有人保護，縱使外面世界正在崩塌，他都會幫你扛著。因此，只要誰拿著寶劍

出現，你就有了愛的感受。你覺得自己理當被保護。就像是仰賴著星座運勢一樣，你依附著他而活。就因為太想要，所以永遠都不夠。

你忙著尋求呵護，卻忘了要呵護愛情。

然後你談了幾場戀愛，努力追求自己想要的愛情，也拚命讓自己成為公主，那時候的你被捧在手心呵護，很柔軟、很夢幻，但其實很不踏實。而王子的手也總是不夠牢，最後你總是摔得粉身碎骨。你以為是自己擁有了對方，但其實卻是自己被掌握在他的手中，只要他一鬆手，你就只有下墜的分。然後，下一場戀愛你抓得更緊，然後再用跌得更痛收尾。最後，你迷上了星座運勢表，希望上面的幸運顏色指引愛情的明路，吉祥配飾帶來愛情的好運，祈求下一次可以愛得更順遂。每痛一次，你就依賴它們更多一點。

　　　　　　　　讓我們互相保護

你很仰賴它們，穿什麼顏色的衣服、戴什麼款式的配件，甚至約會的地點，你都需要運勢表幫你決定，覺得它比氣象局的預報還要準確。你在上面畫圈打勾，約會前就做好功課，比備考時還要認真。每到年底，你的興趣就是收集各個占卜名師的一年運勢，你會跟好姊妹交流分享，然後把預測運勢最好的那張留下，其餘統統丟進垃圾桶。你也去算命，聽說哪邊準確就往哪邊去，即便是預約要排到兩個月後你都甘之如飴。

你不是迷信，你只是希望自己能有多一點的好運。

然而戀愛無法照本宣科，看了十份愛情預言之後，你卻發現只有離孤單更近一些，但離愛情還是很遠。於是，你跟著才發現，自己之所以依賴星座其實是源自於自己的不安全感。在無所依的時候，星座算命是你對未來僅有的憑藉依據。

「愛情」裡有兩顆心，只有一人無法前進，原來四隻手可以把未來撐得更牢。一加一或許無法大於二，但能確定的是，一定可以大於一。於是你離開了鋪滿玫瑰的花床，發現其實門外的風景遠比閣樓小窗戶看出去的優美，而愛情堡壘是需要兩個人建築，而不是一個守衛看守。你務實了起來，因為你發現在脫下玻璃鞋後，其實自己仍舊是他的公主。

現在的你，把他擺到自己之前，改變了愛情的排列順序。你明白原來自己也有守護一個人的能力，也可以替他擋風，你清楚體悟到，只要是兩個人，無論到哪裡都是遠方。心是最難抵達的地方，你很慶幸自己懂了這一點。其實，你還是要人寵，但現在只要他牽起你的手，你就覺得自己是公主。

以前的你喜歡聽到：「讓我保護你。」而現在的你則偏好：「讓我們互相保護吧。」

過節，比不上跟他牽手過街

一個男人的告白：「聖誕節、跨年、情人節、週年紀念都很重要。

因為你覺得重要，所以很重要。」

電話響，朋友來電。

友：「要怎跟你另一半過節呢？」

你：「就吃飯。沒有要特別過，我們其實不太過節。」

友：「真是不甜蜜。」

你：「就是說啊。」

友：「也太慘了～～都不會互送東西嗎？慘到我都要哭了，他好不浪漫喔。」

你：「真的，跟他在一起好倒楣喔。」

掛掉電話，你轉身賴回他身上。

你曾經年輕過，覺得轟轟烈烈才精彩，稍有不如意就呼朋引伴去喝個酩酊大醉，罵工作、罵老闆，罵那些該死的男人。也罵那些得也得不到的愛情。人很複雜、戀愛很難，只有酒最單純。你認識了很多人，但隔天醒來一個也記不得。只有鏡子裡那雙血紅的眼睛，提醒了你自己有多麼狼狽。然後你痛恨自己。

你也曾經歷過週末沒有上夜店就像缺了什麼的日子，總非得待到打烊離

開才甘心，老覺得時間不夠用，你還有好多精力需要宣洩。你不怕帳單上的數字，只怕虛度時針與分針。但每回從昏暗的地下室步出室外時，你總被剛升起的太陽照得睜不開眼，就像是吸血鬼暴露在陽光下一樣。然後開始覺得自己可憐。

你在夜晚逃入避難所，但卻發現天一亮後看見鏡子裡的自己覺得陌生。

你當然也收過鮮花與名牌包，幾乎就跟傷心的次數一樣多。從此你便知道，標籤上的數字跟心意並不是等號，你更知道，玫瑰的保存期限沒有真心長久、名牌包的耗損率比愛情還快。

然後，你遇見了他。他不特別帥、也不有錢，騎的還是一百 cc 的摩托車，他沒有以前你約會過的對象好，但你願意給他一次機會。你想去認真對

待他，而不是把他當作打發時間的玩伴。於是，你收起了漫不經心。因為你花了好長一段時間才學會，人無法比較、愛情也是。你不再去想他是否不夠好？是否比前一個人差？因為愛情跟「他很好」無關，但跟「他對你很好」比較有關。

從黑暗中拉了出來。

許久之後你也才明白了，你一直以為是自己選擇了他，但其實是他把你

他還是會忽略掉情人節，也總不太記得你們的紀念日是十一號還是十三號，但卻會知道你喜歡狗勝於貓、喜歡海洋多過於高山、蜜月想去的地方是挪威、只吃辣油不吃辣椒、養過一隻名叫布布的貴賓。然後，他看到小熊布偶都會買回來，然後裝在一個塑膠袋送你。他不懂得精美包裝，但你打開袋子發現裡面都是真心。禮物可以花錢買，但是溫度卻不能。

然後，生平第一次你感受到，過節比不上跟他牽手過街。

從此之後，你再也不懼怕陽光，開始期待每天都在晨光中甦醒，而不是受怕。你不想再回去了。現在，每每挨得離他近一點，你就覺得自己更接近幸福一步。外面五光十色的霓虹也比不過家裡那二十八吋的小螢幕，你知道，所謂的幸福，是在牽著自己的那隻手上。你開始覺得時間不夠用，而不是數日子，因為你總是有好多話要跟他講，也總是聞不膩他身上的味道。

就像你更清楚體悟到，你們的愛情並不需要節日的加冕，因為你們有彼此的桂冠。

愈體貼的人，一定是曾受過愈多的傷吧。

就是因為知道痛的難以痊癒，所以才更加倍去理解有同樣感受的人，希望可以安慰他們。

感謝對自己溫柔的人，那是因為他們背後有故事。

一個人對另一個人的好，是因為把你放在心上柔軟的位置，一起歡笑過很容易，但願意在你哭泣的時候借你肩膀的人，更是難得。

221

寂寞太近，而你太遠

（暢銷五週年，全新編排雋永愛藏版）

作　　者	肆一
責任編輯	蔡錦豐（初版）　林如峰（二版）
國際版權	吳玲緯
行　　銷	巫維珍　何維民　蘇莞婷　黃俊傑
業　　務	李再星　陳紫晴　陳美燕　馮逸華
副總編輯	何維民
編輯總監	劉麗真
總 經 理	陳逸瑛
發 行 人	涂玉雲

出　　版

麥田出版

台北市中山區104民生東路二段141號5樓
電話：(02) 2-2500-7696　傳真：(02) 2500-1966
網站：http://www.ryefield.com.tw

發　　行

英屬蓋曼群島商家庭傳媒股份有限公司城邦分公司
地址：10483台北市民生東路二段141號11樓
網址：http://www.cite.com.tw
客服專線：(02)2500-7718; 2500-7719
24小時傳真專線：(02)2500-1990; 2500-1991
服務時間：週一至週五09:30-12:00; 13:30-17:00
劃撥帳號：19863813　戶名：書虫股份有限公司
讀者服務信箱：service@readingclub.com.tw

香港發行所

城邦（香港）出版集團有限公司
地址：香港灣仔駱克道193號東超商業中心1樓
電話：+852-2508-6231　傳真：+852-2578-9337
電郵：hkcite@biznetvigator.com

馬新發行所

城邦（馬新）出版集團【Cite(M) Sdn. Bhd. (458372U)】
地址：41, Jalan Radin Anum, Bandar Baru Sri Petaling,
57000 Kuala Lumpur, Malaysia.
電話：+603-9057-8822　傳真：+603-9057-6622
電郵：cite@cite.com.my

寂寞太近，而你太遠／肆一著.
－二版.－臺北市：麥田出版：
家庭傳媒城邦分公司發行，2020.04
　面；　公分
ISBN 978-986-344-742-9（平裝）
863.55　　　　　　　　109001214

封面設計	廖韡
印　　刷	漾格科技股份有限公司
初版一刷	2015年4月
二版一刷	2020年4月
二版四刷	2022年1月

定　　價　新台幣320元
I S B N　978-986-344-742-9
Printed in Taiwan

著作權所有・翻印必究